迷い家の管理人

藍沢羽衣

ポプラ文庫ピュアフル

迷い家の管理人

藍沢羽衣
Ue Aizawa

目次

生垣《いけがき》の向こうで子どもが泣いている。

その声に気づいたのは、朝食前の習慣になっている、庭の掃き掃除をしていたときだった。

「おやおや、迷子になったのかな?」

生垣越しにそっと顔を出すと、しゃがみこんでいた少女はびくりと肩をすくませる。
四、五歳くらいだろうか。スカートからのぞく膝と、鼻の頭が寒さで赤くなっていた。
「……おじちゃん、だれ?」

白い息を吐きながら、少女は泣きはらした顔で私を見上げる。

「おじちゃんかい? おじちゃんはこの家の管理人だよ」

「……ここ、どこ?」

「ここはね、迷い家《マヨイガ》っていうんだ」

「まよい……が?」

「そうだよ。ここには、お嬢ちゃんみたいな迷子がよく来るんだ。おいで。温かい飲み物でも作ってあげよう。甘酒って飲んだことあるかい？」

少女の顔が、くしゃりとゆがむ。

涙がまた堰《せき》を切ったように溢《あふ》れ出した。

「おかあさんは？　おかあさん、どこにもいないの」

「お母さんは……もう少ししたらきっと迎えに来てくれるよ。それまで家で待ってようか」

「ほんと!?」

少女の表情が、ぱっと花が咲いたように明るくなる。

「ほんとだよ。マヨイガの管理人は、迷子の味方だからね」

麹《こうじ》から作る自慢の甘酒で体が温まったらしく、小さな迷子は私の作務衣《さむえ》の膝枕でうとうとし始めた。囲炉裏《いろり》の炎はじんわりと温かく、自在鉤《じざいかぎ》にかかった鉄瓶《てつびん》からはしゅんしゅんと湯気が上がっている。

「おかあさん、まだかなあ」

「そうだね。もう少しかかるみたいだね。おじちゃんがついてるから大丈夫だよ、心配しないでおやすみ」

髪を撫《な》でてあげると、少女はとろんとした目で私の顔を見上げた。

「……おじちゃんは、おじちゃんのおかあさんといっしょじゃないの？」

私はつい反射的に二、三度瞬《まばた》きをする。

もちろんその意味を知らない無垢《むく》な少女は、小さく首を傾《かし》げるばかり。

「そうだねえ。おじちゃんは、ここにひとりぼっちなんだ」

「……寂しくないの？」

「寂しくないよ。さっきも言っただろ。ここには迷子がよく来るからね」

「ふうん。……じゃああたし、また遊びに来てあげるね」

思わず頬《ほお》がゆるんだ。

「ありがとう。じゃあお礼に、お母さんが来るまで、おじちゃんが昔話でもしてあげようかなあ」

「むかしばなし？」

少女の目がきらめく。私は微笑《ほほえ》んだままで頷《うなず》いた。

「そう。おじちゃんがこのマヨイガの管理人になるまでのお話だよ」

第一話　空きマヨイガございます

1

『空きマヨイガございます　入居者または管理人募集中　家賃は月六文《もん》
修繕済み　風呂トイレ別　家庭菜園付き』

杉浦縁《すぎうらゆかり》はコンビニの袋を提《さ》げたまま、不動産屋の窓ガラスにセロハンテープで貼られたその紙を、食い入るように見つめていた。

窓ガラスに映るのは見事なプリン頭だ。

金色に脱色してから伸びるにまかせて、いまや毛先が顎《あご》に届きそうなパサパサの髪は、てっぺんから七、八センチくらいまで黒くなってきている。

「えっくし！」

風で揺れる長い前髪が鼻先をかすめて、くしゃみが出た。

三月に入っても盛岡《もりおか》の風は冷たい。せっかくコンビニで温めてもらった海苔《のり》弁当も、みるみるうちに冷めてゆくのが指先に伝わってくる温度でわかる。

けれど、たまたま通りがかりに目にしたこの物件が気になって、縁は先ほどから動けずにいるのだった。

(六文っていくらだ？　文って、昔のお金の単位ってこと？

つーか、テレビの時代劇で、たしか「三途《さんず》の川の渡し賃は六文」って言ってたような気がするんだけど……)

「どうだべお兄さん？　そいづは滅多にない掘り出しもんだよ」

くしゃみの音で縁に気がついたようで、店の中から店主らしき老人がのっそりとした足取りで出てきた。

赤いチェック柄の温かそうな綿入《わたい》れを着ている。サンタクロースのようなたっぷりとした白い顎ひげと眉毛が目を引いた。少々いかつい顔つきだが、よく見ればなかなか愛嬌のある雰囲気だ。

「あ、いや、おれは別に……」

「ここは家賃も破格だで。じゃじゃじゃじゃ、今の若い方はわがらんかな。六文というのはほれ、お兄さんが持ってるそのコンビニ弁当くらいの値段だべ」

戸惑う縁を差し置いて、店主はどんどん話を進めていく。

「じゃあこの、『入居者または管理人募集』っていうのは……？」

「この物件はぺっこ（少し）特殊でねえ。実は――」

店主は豊かな眉毛の下に半ば隠れている目を細めた。

つられてドキリとする。

「ここは古民家を改装した共有住宅みたいなもんでね。今どきの言葉でいうど、『しぇあはうす』ってやつだべなあ」

「は、はあ……」

「昔から、住み込みの管理人が入居者の身のまわりの世話や雑用をしてくれでだんだが、どうやらそのベテランの管理人がそろそろやめで（辞めたい）って言ってきかないみたいでねえ。家主も困りはてておるのす」

「はあ……」

「このところ、入居者も減ってしまって、今は誰も住む人がいないそうでねえ。んだがら入居者ばりでなぐ、管理人もまとめて募集したいんだど」

（何だ、そういうことか）

縁は少しだけ安心した。

実は事故物件だ、などと言いだすのではないかと、ヒヤヒヤしていたのだ。

「ところでおめはん、学生さんかね？」

「いや、大学には行ってなくって……フリーターです」

「そうがそうが。もしや新年度で心機一転、家探しをしとるのかね？」

店主は縁の肩をぽんぽんとたたく。縁は曖昧に笑った。

「ええ、まあ。そんな感じで」

「これも何かの縁《えん》じゃ。悪いようにはしねがら、ぺっこ話だけでも聞いてみねがね？　もし管理人になってくれだら、家賃は無料でよがすよ」

（えっ）

縁は内心、動揺した。それもかなり。

「あ、あの……」

一番気になっていたことを、おそるおそる切り出す。

「そもそもこのマヨイガって……何なんですか？　さっき、シェアハウスみたいなもんだって、言ってましたよね」

「ほだなあ。ま、百聞は一見にしかずじゃ。ついでに見ていかんかね？」

顎ひげを撫《な》でつけながら、店主は「ふぉっふぉっ」と笑うのだった。

「南部《なんぶ》曲《ま》り家《や》ってわがるが？」

縁を店内に招き入れた店主は、奥の棚から、コピーした図面のようなものを取り出してきた。外の貼り紙に書いてあった大雑把な間取りよりも、ずっと細かい。

「聞いたことくらいは……たしか、カギカッコみたいな形の家ですよね」

「んだんだ。さすが盛岡市民だなす。この物件は、南部曲り家を改装したものなんでがす」

南部曲り家というのは、岩手県の旧南部藩地域に見られる民家の形態だ。母屋《おもや》と馬屋がくっついており、母屋に対して馬屋が直角に突き出したL字型をしている。

優れた馬産地であったこの辺りでは、人と馬が同じ屋根の下で暮らすことで、竈《かまど》や囲炉《いろ》裏《り》で煮炊きをする際の暖かさが馬屋にも伝わり、寒さから大切な馬を守る役目があったといわれている。

L字のコーナーにあたる部分が台所で、短辺部分は土間だ。昔馬屋だった箇所は、改装されて風呂とトイレが付けられている。残りの余分なスペースは物置として使われているらしい。

L字の長辺にあたる部分には、囲炉裏がきられた板《いた》の間《ま》があり、その先には畳が敷かれた和室が二つほどある。L字の長辺の先の方は座敷を囲むように板敷きの縁側になっている。板の間には「常居」と書かれていた。

何て読むんだろうと縁が図面を覗《のぞ》き込んでいると、店主が口を開いた。

「ここは常居《じょい》と言って、居間みたいなもんで、昔の家族団らんの場だなす」

常居のほぼ正面に玄関が作られている。曲り家の玄関は本来馬屋側にあり、そこを通って家の中に入るものらしいが、改装されてここになったということだった。

「近くだし、せっかくだから見ていったら良《よ》がんべえ。もうこんな機会は二度と来ねがもしれねしな?」

覗きこんでくる店主の表情はあくまで穏《おだ》やかだったが、どこか否《いな》とは言わせない迫力めいたものがあり、縁は思わず首を縦に振っていたのだった。

＊

店主の後に続いて、不動産屋のある通りを抜け、橋のたもとで右に折れる。すると、車がぎりぎりすれ違えるかどうかという細い川沿いの道に出た。

道の片側には、壁に蔦《つた》が這った趣《おもむき》のある建物が多く立ち並んでいる。もう片側は中津川《なかつがわ》に面していた。静かな川の音がさらさらと子守歌のように響く、静かな住宅街だ。

川面に向かって大きく枝を伸ばした柳の木の下を通って少し歩くと、くだんの家が見えてきた。

それは堂々たる風格の、茅葺《かやぶ》き屋根の古民家だった。

家の周囲はきれいに刈り込まれた生垣《いけがき》となっており、道路に面して屋根つきの門が立っている。

木製の板でできた屋根には、二頭の龍が向かい合った紋が刻まれていた。一頭は口を開いており、もう一頭は閉じている。

店主は年齢を感じさせない軽やかな足取りで門扉を潜《くぐ》り、すべるように先に行ってしまう。縁も早足でその後を追った。

古い曇りガラスのはまった玄関の格子戸に、店主が鍵を差しこむ。

店主に続いて縁が三和土《たたき》に踏み入ると、真っ暗な家の中からふわりと漂《ただよ》ってきたのは、埃《ほこり》ではなくどこか懐かしい土と木の香りだった。

(トトロとか、マックロクロスケなんかが出てきそうだな)

縁がそんなことを考えている間にも、店主はどんどん家の中へ進んでいき、重そうな雨戸をガラガラいわせながら開けている。戸袋にも、門と同じ二頭の龍の紋が入っていた。

雨戸が全開になると、明るい光が斜めに家の中まで射しこんできた。

透明な光の中で、細かい塵《ちり》が踊っている。

何度か改装しているという店主の言葉どおり、雨戸の次は障子ではなくガラス戸になっていた。とろりと厚みのあるガラスには、雪の結晶のような模様がごく薄く刻まれている。それが光を乱反射させて、きらきらと輝いていた。

「こういう手吹きの味わいのあるガラスは、今ではもう作れる人がいねぐなって、貴重なんでがんすよ。さ、こっちが常居だべ」

　常居には天井がなく吹き抜けになっていて、梁《はり》には火棚と自在鉤《じざいかぎ》が吊るされている。囲炉裏の煙で長年燻《いぶ》されてきたせいか、太い梁も柱も、漆《うるし》を塗ったように黒光りしていた。

　自在鉤の先には、古びた鉄瓶《てつびん》がひとつ掛かっていた。

　蓋《ふた》のつまみの部分が、頭に木の葉を一枚載せた狸《たぬき》が前足でぽんぽんと腹鼓《はらつづみ》を鳴らす様子を模《かたど》った、遊び心のあるデザインだ。鉄瓶の肌は細かな粒が規則的に並んだ模様をしていたが、表面がところどころざらついて見えた。かなり古そうな鉄瓶なので、錆《さび》が浮いているのかもしれなかった。

「あの……」

「どでんしたね？」

「さっき、管理人がどうのとかって聞いたような気がしたんですが」

「んだな」

「でもここ、誰も住んでない……みたいな感じなんですけど」

「んだなす。今、ここに住んでる人間はいねがんす」

（あれ？　さっき、ベテランの管理人さんが住み込みで管理してるとか何とか、言ってなかったっけ？）

　縁は内心で首を傾《かし》げたが、店主はその間にも進んでいってしまうので、質問を挟むどころではない。

無人とはいうが、くだんの引退希望の管理人とやらが頻繁《ひんぱん》に手入れをしに通って来ているのか、中はきれいなものだった。板の間にも畳にも埃ひとつ落ちていないし、庭の雑草もていねいに抜かれている。

庭の隅には手入れの行き届いた立派な家庭菜園があり、みずみずしい白菜や葱《ねぎ》などが土から顔を覗かせていた。誰かが世話をしている証拠だった。

「ああ、そこの畑な。ここに住むんだば自由に使ってかまわねえよ。そこの野菜も台所に置いてある樽《たる》ん中の手作り味噌と梅干しも、食べでいいがら」

「えっ」

さすがにそこまで甘えるのはどうだろう。

そう思ったものの、口に出してしまっては家主の気遣《きづか》いを無下にするようで、もごもごと言いだせずにいると、店主は朗《ほが》らかに笑った。

「いいがらいいがら。もともと、ここの人に食べてもらおうと思って育てでるんだおん。実益を兼ねた趣味みたいなもんだで」

「はあ……」

「それよりもこっちゃ来《こ》。中を案内すっぺし」

店主の手招きに応じて、縁はまたその後を追った。

「昔は土間にある竈で煮炊きしてだども、今はプロパンガスを置いでるがら、心配は無用だべ。ちゃんと水も出るし。あ、もちろんそこの竈も現役だがら。竈で炊いたご飯は最高だものな」

台所を眺《なが》めていた縁は、ふとその片隅にある、壁に沿うように作られた木製の階段に気づいた。

どうやら屋根裏部屋へと繋《つな》がっているようだが、その先は板で塞《ふさ》がれている。よく見ると板が飴色《あめいろ》になっていた。おそらく長い間、煙で燻されたせいだろう。

縁の視線の先に気が付いて、店主も天井を見上げた。

「ああ、そこな。この辺りでは昔は屋根裏で養蚕《ようさん》をしていたんでがんすよ。養蚕って、わがるが？　蚕《かいこ》を飼って、繭《まゆ》をとるのす」

「……聞いたことくらいなら」

「養蚕をやらなぐなってがらは物置に使ってだんだども、電灯も付いていねがら、暗くて躓《つまず》くと危ないいんで板で塞いでるんだど」

「ふうん……」

「それと、こっちが座敷だべ」

いまいちリアクションに欠ける縁の反応も気にせず、店主は説明を進めていく。

「もともとは客人を迎える部屋だったんだども、寝室に使ったら良《よ》がす。ほれ、布団も新品が一式揃えてあるがら」

床《とこ》の間《ま》を備えた奥座敷の方が、手前の入り座敷よりも少しだけ狭い。古いガラス窓がはまった腰高障子が、長い縁側に面してずらりと並んでいた。

縁側からは生垣の向こうに、清らかな中津川の流れが見える。

そこから外を眺めていて、縁は不思議なことに気づいた。家の外よりも中のほうが、空気がきんと澄んでいるような気がするのだ。

「おおーい。こっちゃ来《こ》ー」

店主に呼ばれて、縁は家の奥へと体を向ける。

その拍子に、どこかで嗅いだことのある花の香りが鼻腔《びこう》をくすぐったような気がした。が、ふりかえっても花などどこにもない。

気のせいかと思い直して、縁は店主の元へ向かったのだった。

店主はさらに、風呂場とトイレを案内した。どちらも事前に図面で見たとおり、元は馬屋として使われていた広い土間を改装して作られている。なんでも、以前は両方とも家の外にあったらしい。

冬の寒さの厳しい盛岡では、用を足すたびにさぞかし大変だっただろうということは、想像に難《かた》くない。考えただけでもぶるりと震えがくる。

風呂は五右衛門《ごえもん》風呂だった。壁と床にはレトロな雰囲気の青いタイルが貼られ、巨大な鍋のようにも見える鉄の湯船がでんと鎮座している。店主いわく、外にある釜から薪《まき》をくべて沸かすのだという。

もちろん縁は、五右衛門風呂に入ったことなどない。

風呂焚きの仕方も火加減もわからないが、どう切り出していいのか迷っているうちに、またもや店主はさっさと先に進んでいってしまっていた。

店主は続いて隣のトイレの扉を開ける。和式の便器の奥には、底なし沼のような漆黒の闇が広がっていた。

縁はさすがにぎょっとして、便器の縁《ふち》に立ち、おそるおそる中を覗きこんでみる。

しかし、底のほうはどうなっているのか、暗くて見えなかった。

「汲《く》み取り式の便所見だの、初めてだべが」

「は、はい……まあ」

「慣れだべ、慣れ。うっかり落っこちでもしない限り、大丈夫だじゃ」

ふぉっふぉっと楽しそうに笑う店主に、縁は苦笑いした。

（もしうっかり落っこちたら、どうなるんだろう）

できることなら考えたくないのに、つい想像してしまう。

縁が立っている床から底まではかなりの距離がある。縁の身長くらいの深さは余裕でありそうだ。

「こんだげの古民家をほったらがしどぐのはまんずもったいねえし、家は住む人がいないと荒れるというべ。管理人だどいったって、簡単な雑用ぐらいしがするごどねえがら、気楽なもんだじゃ」

「はあ……」

「まずはお試しで見習いがら始めで良《い》いがら、どうがね？」

「も、もう少しゆっくり考えてみようかな……」

「これも何かのご縁だべ。おめはんもそうは思わねえがね？」

思わず逃げを打つ縁の肩をがっしりと捕まえて、店主は満面の笑みを浮かべるのだった。

＊

「えっ、一人暮らし？　今日から？」

「もう住むところまで決めてきたのかい？」

夕方過ぎに帰宅した縁の話を聞いた清水《しみず》家の夫妻は、驚いたように顔を見合わせる。

けれどその目に、安堵の感情が浮かんでいたのは隠しようもなかった。

「……うん」

「そんな急に？　こないだ卒業式終わったばかりでしょ？　お家賃とかは大丈夫なの？」

「うん。大丈夫だよ。まだお試し期間だから、未成年だけど保証人も別にいらないって。

それに管理人の仕事を手伝ったら、家賃もタダにしてくれるんだって」

「おや、それはいいねえ。社会勉強にもなるしな」

「そうねえ。いいお話じゃない」

どことなく肩の荷が下りたように笑う夫妻は、縁をそれ以上は引き留めなかった。

身の回りのものだけをボストンバッグにつめこむと、縁はそのまま半ば逃げるように家を出てきたのだ。


奥の座敷に積んであった布団を拡げて、ぼふんと倒れこむ。

乾いた柔らかい布の感触に、陽向《ひなた》の匂いってこんな感じだったかなと、縁はぼんやり思った。

もう何年も、干したてのふかふかした布団になんて寝たことがない。清水の家では、年中敷きっぱなしの、ぺったんこでカビくさい万年床に転がっていた。

手の中で、鍵につけられたキーホルダー代わりの鈴が、チリンと澄んだ小さな音をたてる。龍の形をした、少々変わったデザインの鍵だ。

角がややすり減った表面は、多くの人の手を渡ってきた証《あかし》に、うっすらと脂《あぶら》をまとっていた。内見の後、店主は大ざっぱにも、そのまま縁にこの鍵を渡して帰ってしまったのだ。

縁は、はああと長く息を吐き出す。

つくづく自分は押しに弱い。ぐいぐい押してこられると、いやとは言えなくなってしまう。今日もそうだった。

だけど、今回ばかりは少しだけ、あの店主に感謝していたことも事実だった。

貯金もろくにない。おまけに家に転がりこめるような友人もいない。そんな自分が家を出られるわけなんてないと、半ば諦めていたところに降って湧いた物件だ。むしろ、運がいいと思った方がいいのかもしれない。

どうせ気楽なフリーター暮らしだ。

将来なりたいものがあるわけでも、何かやりたいことがあるわけでもない。

その日のコンビニ代くらい稼いでいけたらいいんだし。

『おまえ、そんなんじゃ将来後悔するぞ』

高校の進路指導の先生はそんなふうに言ったけど、たぶん後悔なんてしない。

後悔なんて、そもそも恵まれてるやつのするもんだし。

それにおれ、長生きしたいなんて別に思ってないもん。

ごろりと寝返りをうつ。手入れらしいことなんてほとんどしないせいで、傷んだ硬い毛先がちくちくちく頰《ほお》を刺した。

ごそごそとジーンズの右のポケットを探って、指先に触れたものを引っぱり出す。

それはお守り袋だった。紐は黄ばみ、かつては鮮やかな青だったのだろうとうかがわせる布地は色褪《いろあ》せて、縁の名前の刺繍《ししゅう》もところどころ擦《す》り切《き》れている。

布団の上にうつぶせになり、指先で紐をゆるめて口を開けた。

手のひらにころりと落ちてきたのは、小さなガラスのかけら。柔らかに丸みを帯びた形をした淡い緑色のガラス玉は、曇りガラスのように表面が薄く煙《けぶ》っている。

細長く、ゆるく湾曲した勾玉《まがたま》のような形は、どこか胎児のようにも見えた。

そのひんやりとした温度を感じながら指先で転がしていると、気分が落ち着いてくるのだった。

「母さん……」

無意識に呟《つぶや》いたとき、屋根裏からかすかに物音がしたような気がして、びくっと身を竦《すく》ませる。しかし音はそれ一度きりだった。

どうせ鼠《ねずみ》だ。うん、きっとそうだ。

自分に必死で言い聞かせながら気を取り直す。これくらいでいちいち騒いでいては、とてもじゃないがここでひとりで暮らしてなんかいけやしない。

気にしない気にしない気にしない。

布団にくるまって、呪文のように一心にぶつぶつ唱えているうちに、縁はそのまま深い眠りに落ちていったのだった。

＊

ざあざあと、水の流れる音がしている。

瞼《まぶた》を撫《な》でる光の強さは、まだ早朝のそれだった。

夢うつつにその音を聞きながら、布団を被《かぶ》り直す。

あの災害以来、縁は水が苦手だった。

川や海など、動きのある水は比較的平気だったのだが、ため池や雨上がりにできる大きな水たまりなど、動きのない淀《よど》んだ水が苦手になった。

あの日縁が見たのは、荒れ狂う凶器となった水ではなく、すべてが奪われた後に残された、水浸しの街だったから。

濁《にご》った黒い水面を見るたび、あのときの光景が頭の中によみがえるのだ。

とたんに心臓は早鐘のように鳴り、ひどいときには冷や汗をびっしょりとかいてその場にしゃがみこんでしまうのだった。

さすがに最近では、そこまでひどい状態になることはほとんどないけれど、昔はよく大変な思いをしたものだ。

薄く目を開ける。

障子の向こうからは、弱々しい光が射し込んできていた。

どこか遠くで、ギャアギャアと鳥が鳴き騒ぐ声がする。

激しく流れ落ちる水が、屋根や縁側のガラス戸を遠慮なしに叩く音がしていた。

（雨かぁ……）

再び目を閉じてその音を聞いていた縁は、ゆうべ雨戸を開けっ放しで寝てしまったことをぼんやりと思い出した。気が滅入ってくる。

（やだなあ。今日、バイトあるんだよなあ）

今春は三月になっても寒い日が続き、歩道や路肩にはまだ圧雪されてできた氷が残っていた。その上に雨が降ると、窪《くぼ》みに水たまりができる。さらにはその水で氷が溶け、ざらざらのシャーベット状になる。

そこを迂闊《うかつ》に自転車で走ると、タイヤが取られてコントロールがきかなくなるのだ。信号や交差点でブレーキをかけたはずみに滑って横倒しになって、擦《す》り傷や打ち身を何度こしらえたかわからない。倒れたところに運悪く車など通りかかった日には、それこそ命に関わる。

ただでさえこの時期の盛岡は、自転車で走りたくないタイミングナンバーワンなのに、そこに雨では泣き面《つら》に蜂《はち》だ。

鬱々《うつうつ》とした気分で、目を閉じたまま布団から手を伸ばして枕元を探った。

指先に当たったスマートホンを引き寄せて時間を見る。朝の六時を少しまわったところだった。

「やばっ！」

背中にバネでもついているのかという勢いで、布団から飛び起きる。普段はどちらかというとマイペースな縁からしてみたら、驚くべき反応速度だ。

高校時代から続けている縁のバイトは、ＪＲの盛岡駅前にあるホテルのレストランの朝食スタッフだ。

授業があるから、高校生の頃は土日や長期休暇のときだけシフトを組んでもらっていたが、卒業してからは平日も入れている。高校のときからずっと、自分の小遣いや昼食代は、すべてこのバイト代でまかなっていた。

ここのバイトは盛岡市内ではトップクラスに割がいい。おまけにビュッフェ形式だから、空いた食器をひたすらバックヤードに下げておりさえすればよく、接客があまり得意でないが単調な作業は苦ではない縁には、うってつけの職場だった。

ただし唯一の難点があった。朝がめっぽう早いのだ。六時には制服に着替えてフロアに出ていないとアウト。つまりこの日は完全な遅刻だった。

ゆうべ服を着たまま寝ていたのが不幸中の幸いだった。スマートホンとバッグを引っ摑《つか》む。顔を洗っている暇などない。

そのまま部屋を飛び出しかけて思いとどまり、畳の上に落ちていたお守り袋を手に取った。視線を左右に振って、布団の上に転がったままだった淡い緑色のガラスのかけらを見つける。

ほっと息を吐いて、それを元のようにしまい、右ポケットに突っ込んだ。

仕上げに脱ぎ散らかしていたダウンジャケットを抱え、玄関の引き戸を勢いよく開けた

——体勢のまま、縁は立ち竦《すく》んだ。

（な、何だよ、これ……）

敷居の向こうには、水煙を上げる滝がごうごうと流れ下っていた。

激しく飛び散る水の飛沫《しぶき》が、玄関先にいる縁の体にも飛んでくる。

雨音だとばかり思っていたのは、滝の音だったのだ。

抱えた黒いダウンジャケットの上を、真珠のような水滴が転がり落ちていく。

よろよろと戸にしがみつきながら、縁は必死で頭をフル回転させた。

この家はたしかに川べりに建っていたけれど、周りは住宅街だったはず。仮にゆうべのうちに大雨が降って川が増水したにしても、ここだけ流されずに済むなんてこと、ありえない。

それどころか、玄関先に見えるのは滝と、滝へ注ぎこむ川、そして霧に包まれた緑深い山々だ。もし本当に大雨で近くの中津川が増水したにせよ、ここまでがらりと周囲の景色

が変わってしまうなんて聞いたことがない。

少なくとも、あの日の津波以外では――

肋骨《ろっこつ》を破って飛び出しそうなレベルで心臓が暴れ狂っている。

そこに、まるでバランスを取っているかのように、家全体がぐらりと大きく左右に揺れた。

「うわっ！」

自分でも聞いたことがないような悲鳴を上げて、尻餅をつく。

（まさか……また地震!?）

足が震えて、力が入らない。このまま家の中にいては危ないかもしれない。でも外はもっと危険だ。

へっぴり腰のまま、ふらふらと立ち上がったときだった。

再びぐらりと大きく家が傾く。

今後は声を上げる間もなかった。

縁の体は敷居を越え、水しぶきを上げてごうごうと流れ落ちる滝の中へと吸いこまれていった。

水面に叩きつけられた衝撃と、雪解けの水の冷たさに、肺がきつく絞《しぼ》られる。

息ができない。

水面に出なければともがいても、むなしく沈んでいくばかりだ。

意識がゆっくりと闇に閉ざされていく間際、泡立ちきらめく水面から、白っぽいものが身をくねらせながら、こちらに向かってくるのが見えたような気がした。

2

「おい、起きろ」

冷たい手が、ぴしゃりぴしゃりと頬を叩く。

その痛みで、縁はうっすら意識を取り戻した。

「おい、狸頭。生きてんだろ?」

(たぬき……あたま?)

冷えて重い瞼を無理やりに開ける。

まだ霞《かす》む視界の中に浮かび上がったのは、澄んだ翡翠色《ひすいいろ》の瞳だった。

(宝石、みたい……)

もうろうとした頭でそんなことを考えていたら、またぴしゃりと頬に一発喰らった。

「おい、目ぇ開けて寝てんじゃねえだろうな、狸頭」

瞼や頬に、冷たい滴《しずく》がぽたりぽたりと落ちてくる。

横たわる縁の顔の脇に手をついて、彼を見下ろしていたのは、おそろしく整った顔立ちの青年だった。

偉そうな態度だがまだ若い。縁と同じくらいの年頃に見える。

肌はつくりもののように白く、やや切れ上がった形のいい翡翠の双眸《そうぼう》は、猫の目のように鋭く光っていた。

ぐっしょりと水を吸った長い黒髪が、濡れて黒ずんだ藍色《あいいろ》の作務衣《さむえ》の肩に、とぐろを巻いてまとわりついている。さっきから垂れてくる冷たい滴は、この黒髪の先から落ちてきていたのだ。

「ったく、これだから人間ってやつは、弱っちくて嫌なんだ。どいつもこいつもこのおれに面倒ばかりかけやがって」

濡れた黒髪を鬱陶《うっとう》しそうにかきあげながら、形のいい眉を不機嫌そうに寄せて、青年はぶつぶつと愚痴をこぼしている。

だが当の縁は濡れた体が冷えきっていて、猛烈な震えで歯の根が合わない。とてもじゃないが、落ち着いて考えたり話したりできる状態ではなかった。

がちがちと歯を鳴らす縁に、青年はちっと鋭く舌打ちをした。

「おい福、まだなのかよ。こいつ凍え死んじまうぜ」

青年はふりかえって鋭く言い放つ。

どうやら縁に言っているのではないらしい。

すると、柱の陰からひょっこり顔を出したものがいた。

猫よりひとまわり大きいくらいだろうか。たっぷりとした柔らかそうな灰褐色の毛並みの動物だった。

（犬……いや、狸《たぬき》？）

空き家だから野生の狸が住みついていたんだろうか。

寒さで震える縁の頭を、そんな考えがよぎったときだった。

狸はひょいと柱の陰から飛び出した。そのまま足音も軽く、駆け寄ってくる。

（は？）

縁は震えながら目を見張った。

狸は、まるで人間のように二本の足で走っているのだ。

（おれ、ショックで幻覚でも見てるのか……？）

狸は前足にタオルと赤い布地の座布団のようなものを抱えていた。どうやら綿入れらしい。呆気《あっけ》に取られている縁の濡れた髪と体をタオルで拭くと、その肩に綿入れをふわっと掛けた。

ついさっきまで炭火にでもかざしていたかのような、ほこほことした暖かさが体を包みこむ。

「おせえ。何やってたんだよ」

眉間《みけん》に皺《しわ》を刻んだ青年が吠えた。

「もう、そう怒鳴んないでよ、みーちゃん。わかってるってば」

縁は自分の耳を疑った。

(狸が……喋《しゃべ》った!?)

犬のような鼻面《はなづら》に、四肢は短く全体的にずんぐりとした体つき。先が尖《とが》って黒く縁取りのされた丸っこい耳と、足の先、目のまわりの色が濃い。大きさも普通の犬くらいだ。着ぐるみの中に人間が入っているわけでもなさそうだ。

「お風呂が沸いてるよ。早く体をあっためないと。ほら、こっちこっち」

狸は縁の手をぐいぐい引いて立たせようとする。その毛に覆われた前足のぬくもりに、縁はいかに自分が冷えきっているのかがわかった。

「おい福《ふく》。本当にこっちの狸頭が、管理人見習いなんだろうな?」

「今はそれどころじゃないよ、みーちゃん。このままじゃ風邪ひいちゃう」

どうやら福というのがこの狸の名で、みーちゃんというのが青年の呼び名らしい。

福に強く腕を引っ張られるままに、縁はのろのろ立ち上がる。

関節が軋《きし》むほど芯まで冷えきっていて、一歩踏み出すことさえ苦痛だ。

「でも……あいつは?」

「あいつ？　あ、みーちゃんのこと？　みーちゃんならほっといてもへーきだよ。あれっくらいで風邪なんかひかないから」

言いながらも福はぐいぐいと縁を引っぱっていく。

板の間に点々と濡れた足跡を残しながら、縁はなんとか風呂場までたどり着いたのだった。

＊

「はああ……」

絶妙な加減の湯に顎まで浸《つ》かっていると、生き返った心地がした。五右衛門風呂に入るときは、木製の浮《う》き蓋《ぶた》を上から踏んで、そのまま湯船に沈むらしい。福が教えてくれた。

このまま体がとろけて口から魂が抜けてしまうのではと思えるほどに心地いい。

（ここってやっぱり、マヨイガの……うちの中、なんだよな）

ぶくぶくと鼻の下まで湯に沈みながら見回す。

風呂場は見覚えのあるレトロな青いタイル張りだ。

土砂降りの雨のような滝の水音が、相変わらず家の中まで流れ込んできている。

「管理人見習いさん、湯加減はどう？」

予告もなしにがらりと風呂場の引き戸が開いて、もふもふの狸が顔を出した。

縁は湯が溢《あふ》れそうなほどにビクッとして体を引く。

溺れかけたショックで幻覚でも見ているのかと思ったけど、やはりそうではないらしい。

「あっ、ありがと……ちょうどいいよ」

早鐘のように鳴っている縁の心臓のことなど知らぬ顔で、福と呼ばれていた狸はにこにこと笑った。

「ほんとに無事でよかったぁ。大事な管理人見習いさんがうっかり死んじゃったら、どうしようかと思ったよ」

見た目に似合わずしれっと物騒なことを言う福に、湯船の中で縁は体を縮めた。

やはりまだ、狸が二本足で歩いて流暢《りゅうちょう》に日本語をしゃべっているという状況を、はいそうですかとは素直に受け入れがたい。

(あのみーちゃんってやつは、普通にこいつと話してたけど……いったい何なんだよ、ここ。不動産屋のじいさんは、住んでる人はいないって言ってたくせに)

そこまで考えながら、ふと自分の頭を過《よ》ぎったある考えに、縁は青ざめた。

湯に浸かっているというのに、ぞくりと背筋が冷えてくる。

そう、不動産屋の店主は、確かに言っていたのだ。

『ここに住んでいる人間はいない』と。

（住む『人間』が、いない？　それって、まさか――）

「どうしたの？　どこか痛い？」

押し黙ってしまった縁の顔を、いつの間にか風呂場の中にまで入りこんで、傍《そば》に寄ってきていた福が、じっと覗きこんでくる。

「わっ」

不意打ちを食らい、また狭い湯船の中で体を引く縁を、福はまん丸の黒い瞳で不思議そうに見つめている。

思わず抱きつきたくなるような、もっふりと丸いシルエット。

頭のてっぺんあたりと目の周り、それから足の先を除けば、体毛は全体的に明るい灰褐色なので、悔《くや》しいが確かに頭は縁の髪の色と似ていなくもない。

あの口の悪い黒髪の青年の顔が浮かぶ。

「困ったことがあったら、何でも言ってね。ぼくもみーちゃんも管理人見習いさんの味方だから。口は悪いけど、みーちゃんだって心の中では、仲良くしたいって思ってるはずだよ」

「……あ、あのさ、そのことなんだけど」

「なあに？」

会話が成立するたびに、いちいちビクッとして心臓が跳ねる。

まるで習い始めたばかりの外国語で、ネイティブの人間と話す羽目になったような気分だった。会話が通じて安堵する反面、次に何を言うべきか、こっちは頭をフル回転させる必要がある。

跳ねる心臓を必死に宥《なだ》めながら、縁は言葉を探した。

「あんたたちって、何？　どうしておれが管理人になるためにここに来たって、知ってんの？」

「ぼくの名前は福。このマヨイガに住んでる鉄瓶の付喪神《つくもがみ》だよ！」

よくぞ訊いてくれましたと言わんばかりに、福は嬉しそうに声を張り上げる。

「使い古された道具が百年以上経つとね、魂が宿って物の怪《もののけ》になるんだ。昔話の分福茶釜《ぶんぶくちゃがま》って知ってる？　茶釜とか鉄瓶の付喪神は、昔から狸の姿になるって決まってるんだよ。だからぼくのこと、みんなは福って呼ぶんだ」

「へ、へえ……」

「ねえねえ。見習いさんの名前は、何ていうの？」

「おれ？」

福はきらきらしたつぶらな目で縁の顔を見上げ、何度も頷く。

「……おれは縁。杉浦縁だよ」

「ゆかり？　すてきな名前だね！」

「そうか？　女の子みたいな名前って言われるけど……みんなユカって呼ぶし」

「じゃあぼくも、ユカって呼んでいい？」

「別に、いいけど。あのさ、それより福、さっきの話の答え……」

「さっきの話？」

「どうしておれが管理人になるために来たのか、知ってるかって」

「あー、そのことね」

「おれ、盛岡の不動産屋のじいさんに、昨日ここ紹介されたばっかなんだ」

「それなら、次の管理人の見習いさんになってくれそうな人が来るから、いろいろ教えてやれって、じいじが言ってたからだよ」

「じいじ？」

　また知らないやつが出てきた。

　自分で訊いておきながら、頭を抱えたくなる。いっそ、着替えを抱えてここから逃げ出してしまいたくなった。

　でも今マヨイガがあるのは滝の上だ。

　理屈はわからないし、にわかにはとても信じがたい。けれど、マヨイガが縁を乗せたまま、盛岡の閑静な住宅街から、どこぞの山中とも知れぬ滝の上に移動したことは、もはや目を逸《そ》らすことのできない事実らしい。

家ごと神隠しにでも遭《あ》ったような気分だ。

もしここで脱走などという暴挙に出たら、今度こそ溺れ死んでしまうかもしれない。あの見た目はすこぶるいいが性格はすこぶる悪そうな青年が、今度も助けてくれるとは言いきれない。

まさか誰かが自分をここに閉じこめるために、わざわざこんなことを企《たく》んだんじゃないだろうな、と縁は心の中だけで毒づいた。

「そのじいじってのは……誰?」

「うーん、何ていうかな、この家の番人みたいなおじいさんだよ。後で紹介してあげるね」

番人。

福はさらりと口にしたが、その物騒な響きに縁は頬をひきつらせた。

自分のボキャブラリーの貧困さには自信がある縁だが、番人という言葉の示すところくらいは知っている。門や建物に悪い者が近づいたりしないよう、見張る人のことだ。

(それって、ここが番人の必要な場所だってこと?)

こめかみのあたりが、ズキズキと脈打つように痛んできたような気もする。湯船の縁を握りしめた手に、力がこもった。

うまい話には裏がある。タダより高いものはない。

昔の人は、よく言ったものだ。

「何なんだよ、ホントに――」

「ユカ？」

「おれ、ただの古民家を改装したシェアハウスの管理人だって聞いたから、来たんだ。それがこんな……おまえたちみたいなやつらがいるとか、聞いてない」

「ユ、ユカ、どうしたの？」

「そもそも家自体がこんなんだってことも、聞いてない。こんなの、詐欺だ……」

自分でも情けないが、声がふるえた。

福がおろおろする。

「そ、そうだよね。そりゃ、普通の人間だったらびっくりするよね。でも大丈夫、みんながついてるから――」

そこへガラッと引き戸が開いた。

タイミングがいいのか悪いのか、入ってきたのはあの黒髪の青年だった。

着ている作務衣はさきほどと同じ藍色のものに見えるが、着替えてきたのかすっかり乾いている。

「いつまで風呂に入ってるんだよ。ふやけても知らねえぞ」

「あっ、みーちゃん」

福が安堵した顔で青年の足元に駆け寄った。

「みーちゃんからも言ってあげてよ。ユカがちゃんとマヨイガの管理人になれるためのお手伝いするよって」

「はあ？　何でおれが。管理人の教育係はじいじの役目だろ」

「みーちゃん！」

半べそをかきながら福は青年の作務衣に飛びついた。

そのままわしわしと肩までよじ登り、短い前足で口を塞ごうとする。

「バカやめろ福！　苦しいだろーが」

「だってだって、みーちゃんが冷たいこと言うから！」

「どうしてこいつだけ手取り足取り世話する必要があるんだよ。管理人は世話をする方であって、される方じゃねえだろうが」

「わーっ、もう、みーちゃんのバカ！」

「本当のことだろうが。こいつ自身に覚悟がねえ以上、またさっきみたいにどこぞで迂闊《うかつ》なことをするたびに、おれが助けに駆り出されんのか？」

福のもふもふした前足を苦労して引きはがしながら、青年の毒舌は止まらない。

「おまえ、マヨイガがこんなふうにあちこちふらふら出歩く性分《しょうぶん》の家だってことは、ちゃんと説明したんだろうな。滝の上で水浴びするくらい、こいつにとっちゃ日常茶飯事なんだぜ。もっとヤバい場所に出ちまうことだって、いくらでもあるだろ。それをおれたちゃ、どうにもできねえんだぜ」

「そっ、それは……まだ、だけど」

しゅんと俯《うつむ》く福の最後の方の声は、消え入るように小さくなる。

青年は呆《あき》れ顔で鼻を鳴らした。

「はん。そんなんじゃこちとら、命がいくつあっても足りねえよ。ごめんだね」

ふたりのやりとりをぽかんと聞いていた縁の中で、何かが音を立てて切れた。

「……やっぱりおれ、管理人なんて無理だ。帰る」

縁は発作的に立ち上がろうとしたが、その途端、周囲の景色がぐにゃりと歪《ゆが》んだ。

水に墨を落としたように、視界が黒く染まってゆく。

「わーん！　ユカー!?」

福の悲鳴が、風呂場にわんわんと反響した。

3

「まったく、溺れたりのぼせたり忙しいやつだな。水難の相でも出てるんじゃねえの」

「うっ……うるさいな」

縁は布団にくるまったまま青年に背を向けた。

あぐらを組んだ上に頬杖をついて、じっとり見下ろしてくる青年の視線が痛い。

けれど、

「ご飯用意してくるから、ちゃんとユカの看病しててね」

なんて福の言いつけに一応は素直に従っているあたり、調子に乗った自分にも多少は責任があると理解しているらしい。

「やれやれ、次の管理人がこれじゃあ先が思いやられるぜ」

ため息とともに漏らして、青年はふいとガラス戸に視線を向けた。

その横顔を、縁は掛け布団の間から覗き見る。

開け放たれた腰高障子の向こう、縁側のガラス戸は相変わらず滝からの飛沫で濡れていた。射しこんでくる薄い光は、いつの間にか大きく西に傾いていた。その陽光が、彼のなめらかな白い頬に影を落とす。

長い黒髪は顔の横、右の鎖骨のあたりでゆるくひとつに括《くく》られていた。つややかな髪の束は、岩肌を滑り落ちる細い清流のようにしなやかに、鎖骨から胸の曲線に沿って流れ落ち、膝を乗り越えて畳の上にまで届いている。

「さっきの話だけど……おまえ、このマヨイガのことも、おれたちのことも、ほんとにちゃんと聞いてないのか？」

青年は視線を窓の方に向けたまま、ひとりごとのように訊《たず》ねた。

布団に潜《もぐ》ったままで縁がしぶしぶ頷くと、青年はちらりと目線だけを動かして縁を見遣《みや》る。その視線には、呆れと落胆が半々で混ざり合ったような感情が、ありありと浮かんでいた。

「それでよくここに住む気になったもんだ。見た目だけじゃなくって、中身も相当な狸頭だってことか」

「だって、ここ紹介してくれた不動産屋のじいさんは、そんなこと言わなかったもん」

さっきの福とは違い、青年は見た目が人間そのものだからしゃべりやすい。

もちろん、必要以上の毒舌に目をつぶることができれば、の話だが。

これまでのやり取りからすると、おそらくはこの青年も普通の人間ではなさそうだったが、とりあえずその嫌な予感は棚に上げておくしかない。

「言われなくたって、これから住もうって場所のことくらい、普通はちゃんと訊くもんじゃねえの？」

ごもっともすぎて、ぐうの音も出ない。

布団に顔を埋めたまま、睨みつける。

「そりゃ……金がなかったんだから仕方がないだろ。おれ、まだ高校出たばっかりだし」

「金がなくたって、それまで地べたで寝てたわけじゃねえだろうが」

縁は布団の中で拳を握りしめた。

「おれにだって、色々事情があるんだよ」

「その事情とやらは、わざわざこんなところに引っ越すほどのものなのかよ」

「それは……」

縁は唇を嚙《か》んだ。


『ちい姉には、おれの気持ちなんかわかんないよ!』

ほんの数日前、そう叫んでしまったときの光景が、目の前に浮かぶ。

言い争いのきっかけは、些細《ささい》なことだった。

過保護なまでに縁のことをあれこれ案じる彼女に苛立《いらだ》ち、発作的に怒鳴っていたのだ。

縁の言葉に、彼女はひどく傷ついた目をしていた。

短く『ごめんね』とだけ言って、彼女は縁に背を向けた。

彼女は悪くなかったし、責めるつもりもなかった。

ただ、鬱積《うっせき》した感情を縁が吐き出せる相手は、彼女しかいなかったのだ。

あの日から昨日まで、彼女は忙しさを理由に仕事場に泊まり込むようになって、家には帰ってきていない。

きっと自分のせいで、彼女は家を避けている。

あそこは縁とは違って、彼女が生まれ育った家なのに。

邪魔者はおれであって、ちい姉じゃないのに。


「まあ、あんたの事情なんて、どうでもいいけどな」

青年の声で、縁は物思いから引き戻された。

「ぬくぬく生きてきたやつは目を見りゃわかる。あんたも温かい食べものと寝床があって、見守ってくれるやつがいて、何不自由なく暮らしてたんじゃないのか？　あんたの言う事情ってやつは、それを捨ててもいいほど大事なもんなのかよ？　あんたみたいなやつを見てると、いらいらするぜ」

握りしめた拳に、無意識のうちに力がこもった。

「あんたの話を聞いてると、『仕方がない』だの『だって』だの。そいつは口癖か？」

思わず「だって――」と続けそうになった言葉を、縁は飲みこんだ。

青年の言うとおりだ。口癖になってしまっているのかもしれない。

「おおかた、その不動産屋のじいさんとやらに押し切られたんだろ。そんなふうにうだうだ煮え切らない態度取ってるうちにさ」

青年は鼻先で笑った。

「あんた、いつもそうやって言いたいことを腹にためて我慢してんのか？　それでよくぱちんとはじけちまわねえよな」

胃の辺りがカッと熱くなってくる。

さっき会ったばかりのやつに、どうしてこうまで言われなければならないのか。

滝に落ちて溺れかけたり、風呂場でのぼせたりして面倒をかけたことを根に持たれているのだろうか。仮にそうだとしても、どちらも縁が頼んだわけではないし、だいいち不可抗力だ。

縁は上体を起こして、青年の顔を力いっぱい睨みつけた。

まだ目眩《めまい》が残っていてくらりとしたけれど、意地でもってやり過ごす。

「おれは狸頭なんかじゃない。……杉浦縁って名前がちゃんとある」

口では勝てる気がしなかったが、縁にだってプライドがある。

言葉数で及ばない分、目に力をこめた。

けれど、彼の方はそれでもまったく怯《ひる》む様子はなく、翡翠色の瞳を、面白そうに細めただけだった。

「へえ、そりゃたいそうな御名前で」

「おれが名乗ったんだから、あんたも名乗れよ。それともおれも、みーちゃんって呼べばいいのか？」

「あれは福が勝手にそう呼んでるだけだ。おれは蛟《みずち》っていうんだ」

「蛟？　それが名前？」

「福みたいな意味での名前じゃねえよ。蛟ってのは、蛇《へび》の物の怪の総称さ。あんたに向かって『おい、人間』って呼んでるようなもんだな」

　蛟は怪しい輝きをまとう翡翠色の双眸を意味ありげに細めて、にいっと笑う。口角が上がったせいで、やや薄めではあるが整った唇の隙間から、まさに蛇のような白い牙がちらりと見えた。

　縁はあんぐりと口を開ける。

　普通の人間ではなさそうだとは思っていたけれど、見た目が人間の青年そのものだったから、今の今まで油断していた。

「これくらいでいちいち動揺してたら、ここの管理人なんてやってけないぜ」

「どういう……意味だよ」

　背中を嫌な汗が伝う。

「どうもこうも、さっき風呂でも言っただろ。あんた、マヨイガのことを単なるお化け屋敷か何かだと思ってるかもしらねえが、とんでもないぜ。お化け屋敷じゃ命まで取られることはないが、マヨイガじゃそうはいかねえ」

「本当にそう思うか？　あんた、さっき溺れかけたときのこと、忘れちまったとでも？」

言葉をなくした縁の顔を見て、蛟はどこか嘲《あざけ》るようにも、妖艶《ようえん》にも思える表情で、ふっと小さく声を出して笑った。

「これは単なるおれの勘だが、たぶんあんた、マヨイガに軟禁されたんだよ。管理人候補としてよっぽど気に入られたんだな。でなきゃ、何か理由があるかのどっちかだ」

「なっ、軟禁？」

「さっきも言ったが、マヨイガがいつどこにふらふら出歩こうが、おれたちには止めることはできねえ。だから何のためにここにいるのか、正確なところはおれにもわからん。マヨイガが行く先々で、ここを訪れる客人をもてなすのがおれたち住人の役目だからな」

蛟は白く長い指で、縁の顔をまっすぐに指さす。

「だけど少なくとも、おれたちがここにいるのは、あんたが来たことと関係あるんだろうな」

「どうしてそんな……」

「はあ？　そんなの、決まってんじゃん」

蛟はまだわからないのかというように眉根を寄せた。

「あんたが自分から『おれが管理人をやります』って心に決めるまで、ここから逃がさないためさ」

「は!?　冗談だろ……？」

「ああ？　このおれがわざわざ時間を割いて説明してやってんのに、あんたには冗談言ってるように聞こえるってのか？」

苛ついたように蛟が牙をむいた。

だけど縁はそれどころではない。

「だって……そんなんでよくこんなところに住めるなって思って。それとも、化け物は化け物同士、平気ってこと？　気味悪いよ」

みし、と天井の隅で家鳴《やな》りがした。

ぎょっとしたように蛟は視線を泳がせた。あわてて手を伸ばし、縁の口をふさいでこようとする。

「おい、このバカ。口のきき方に気をつけろ」

体を捻《ひね》って蛟の手を避《よ》けながら、縁は顔をしかめた。

「何なんだよ。上から目線の言い方、そっちこそやめろよな」

「はあ？　上から目線？」

蛟はその形のよい弓形の眉を寄せた。

「あんた、何か勘違いしてないか？　おれが言ってんのはそういうことじゃねえ」

「口のきき方に気をつけろって言ったのはあんたじゃないか。おれの言い方が気に食わないんなら、はっきりそう言えばいいだろ」

「バカ、そうじゃねえよ。……ああもう、わかったよわかった。今のはおれの言い方が悪かった」

蛟はため息をついて縁の肩に手をかけると、力をこめて引いた。

「うわっ」

よろめいたはずみで、縁は蛟の作務衣の胸に倒れこむようなかっこうになる。その頭をぎゅっと抱きこんで、蛟は抑えた声で言った。

「何すんだよ！」

「しっ、いいからこのまま黙って聞け」

「は？」

「あんま大声で、マヨイガの悪口を言うんじゃねえ」

「はあ？　化け物を化け物って言って、何が悪いんだよ」

「こら」

脳天にごつん、とげんこつが降ってくる。

「いってえな！」

「うるせえ。あんたがせっかくのおれの忠告を聞かないからだ。よく聞けよ」

蛟は縁の頭を抱えたまま、耳元に口を寄せて囁《ささや》く。

「マヨイガは生きてる家だ。マヨイガをわざと傷つけたり、気に障《さわ》るようなことを言ったりするんじゃねえ。何が起きてもおれは知らねえからな。忠告したぜ」

「意味わかんないし。マヨイガがどうしたっていうんだよ」

みし。みしみしっ。

また、家鳴りがした。

さすがに何ごとかと、縁は音がした天井のあたりを見上げる。

蛟は顔を手で覆って二度目のため息をこぼした。

みしっ。みしっ。みしっ。

家鳴りは天井の隅からまわりこむようにして、じわじわと縁の方へと近づいてくる。

「ほら見ろ」

「えっ？　ええ？」

まるで姿の見えない誰かが天井裏を這っているようだ。

よく見ると、天井の板が僅《わず》かにだが、たわんでいる。

音はどんどん強く重く、速くなった。

みしっ。みしみしみしみしみしっ。どん！

「ひっ」

先ほどまでの威勢はどこへやら。縁は思わず蛟の作務衣の胸にしがみつく。

音は縁の真上まで来て、そして――消えた。

さっきまでの騒動が嘘ではなかった証《あかし》のように、細かな埃が天井からはらはらと落ちてくる。心臓が早鐘のように鳴っていた。

「言わんこっちゃない。ま、今後気をつけるんだな。別に取って食われるわけじゃねえし、ご機嫌とっておけば概《おおむ》ねおとなしいから。さて、そろそろ放してくれねえ？　いいかげん重いんだけど」

「あっ、ご、ごめん」

冗談じゃない。本物のお化け屋敷じゃないか。

うっかりそう口走りそうになる口をあわてて押さえ、縁は手を放す。無意識のうちに力いっぱいしがみついていたらしく、指先がじんと痺《しび》れていた。

「ご飯できたよ！　今夜は寒いから芋煮《いもに》にしたよー」

そこにスパンと襖《ふすま》が開いて、白い前掛けをつけた福が元気よく言った。

もう本日何度めかわからないが、またしても縁はビクッとして、布団の上で小さく跳ねた。そろそろ心臓発作で倒れかねない。

「もう、ちょっと目を離したらまたケンカしてるー」

ふたりの間に微妙な空気が漂っているのをすぐさま感じ取ったらしく、福は鼻筋に皺《しわ》を寄せた。

「別にケンカなんかしてねえよ。ただ話してただけだ」

蛟の言葉は無視して、福はさっと縁の方に回りこむ。

「ユカ、起きられる？　ご飯こっちに持ってこようか？」

「え、えっと……大丈夫」

「じゃあ、行こ？　じいじも待ってるよ」

掛け布団の上に広げていた赤い綿入れを、福は縁に羽織らせてくれる。

ゆっくりと縁が立ち上がるのを待って、福は縁の手を引いて歩いた。


常居の囲炉裏端《ばた》では、自在鉤に掛けられた鉄鍋からほこほこと湯気が上がっていた。

醤油と出汁《だし》のいい匂いが漂っている。芋煮は東北地方の郷土料理で、里芋と長葱や大根に人参、牛蒡《ごぼう》にキノコや鶏肉などが入った具だくさんの汁物だ。

炉端には座布団が四つ並べられている。そのうちのひとつに奇妙なものが載せられていることに、縁はすぐに気づいた。

それはごつごつとした木彫りの老人のお面のようだった。

蔓《つる》で編んだ籠《かご》に綿の入った敷物が敷かれ、その上に鎮座している。

　動物の毛で作られているのか、豊かなひげと眉毛が付けられていた。やはり動物の骨で作られたのか、白くて角ばった歯が、大きく開いた口の中に並んでいる。

「何だこれ。どうしてこんなところにお面なんて――」

　何気なく近寄って縁が覗きこんだとき、不意にお面の口がカタカタ動いた。

「体は大丈夫だべか？」

「うわっ！」

　驚きのあまり跳びのいた縁は、後ろにいた蛟に背中から激突する。したたかに鼻をぶつけた蛟が涙声で縁の背を押しのける。

「いってーな、どこ見てんだよこのバカ！」

「お、お面が喋った！」

「お面じゃないよ、じいじだよー」

　木の杓子《しゃくし》で鍋の中身をかき混ぜながら、のんびりと福が言う。

「えっ？」

「後で紹介するって言ったでしょ？　これがじいじだよ。じいじはね、かまど神なんだ」

「かまどがみ……？」

　縁は首を傾《かし》げる。

「じゃじゃじゃ！　おらのごどをおべでねえどは！」

じいじがくわっと眉毛をいからせた。

「うわああっ！」

縁はまた竦み上がって、蛟の後ろに素早く隠れる。

「おいこら狸頭、おれを盾にすんな」

「まあまあ、じいじも落ち着いてよ」

てきぱきと鍋の中身を朱塗りの椀に取り分けながら、福が宥めるように言った。

「あのねユカ、かまど神っていうのは、この地方の火の神さまだよ。家が火事にならないように、悪いものが入ってこないように、守ってくれてるんだ。ほい、どうぞ」

「は、はあ……」

福が塗り箸を添えて差し出す椀を、縁は反射的に受け取る。

木肌を通して、じんわりとしたぬくもりが手のひらにしみてきた。

「それに、このマヨイガの台所も囲炉裏もお風呂も、全部じいじが火の面倒を見てくれてるんだよ」

「嘆《なげ》かわしいものだべ。昔はこの辺りじゃどの家の台所にも、おらの仲間がいで家を守っだのに」

ふんっと鼻息も荒いじいじに、おそるおそる縁は蛟の背中越しに頭を下げる。

「何だかよくわからないけど……すみません」

「大丈夫だよユカ。じいじは別に怒ってないから。さっ、冷めないうちに食べよ。おにぎりもあるからねー」

福は器用に前足で箸を使い、やわらかく煮えた里芋をはふはふと口に運んでいる。

蛟は猫舌なのか、とっくに湯気が出なくなってからも椀の中身をしきりにふうふう吹いていた。さすがにじいじは食べないらしく、籠の中でケラケラと笑っている。

「みーちゃんもお肉ばっかり食べてないで、野菜もちゃんと食べてよね」

「うるせえチビ狸。おれは野菜が嫌いなんだよ」

「おめはんはそうやって好き嫌いばりしてるがら、いつまでも痩《や》せっぽちなんだべ」

「うるせえ、このくそじじい」

騒々しい物の怪たちを前にして、縁は湯気を立てる椀の中身にじっと目を落としていた。

「さっさと食わねえと冷めちまうぜ。毒なんか入ってないからよ」

「ちょっと、みーちゃん！」

「おれは別に――」

そろって声を上げる福と縁を無視して、蛟はずずずと豪快な音を立てて、汁をすすった。

「ま、あんたは普通の人間だし？　ましてやこんなお化け屋敷に住むことになるなんて思っちゃいなかっただろうから、物の怪が作った料理なんて、喉《のど》を通らないかもしれないがな」

「そんなこと……」

「だったら口くらいつけてやれよ。福がせっかくあんたのためだけを思って作ったんだからさ」

「え」

虚《きよ》を衝《つ》かれて、縁は福の顔を見た。

まさかここで自分におはちが回ってくるなんて思わなかったであろう福は、杓子を持ったまま蛟と縁を交互に見ている。

「聞いただろ、おれたちはみな、人間じゃない。だから人間が食うようなもんなんて、本来食わずとも生きていけるんだよ。なのにこれを準備したのは、福があんたに温まってもらいたいからさ」

「……」

縁は福をじっと見下ろした。

おろおろと福は縁を見返す。

そうだ。確かにさっき福は、今夜は寒いから芋煮にしたと言っていた。

身を切るように冷たい滝に落ちてもけろりとしていた蛟や、もっふりとした毛皮に包まれた福、はなからお面のじいじが寒かろうはずはない。

このマヨイガでもっともぬくもりを必要としているのは、他ならぬ縁なのだ。

縁はおそるおそる、椀の縁《ふち》に口をつける。

さっき蛟がしていたように、ずずっと音を立てて汁をすすってみた。

喉から腹の底まで、温かさがじんわりとしみ通っていく。

「……美味《おい》しい」

「ほんと!?」

思わずこぼれた言葉に、福が目の色を変えて反応した。

興奮で尻尾がモップのように膨《ふく》らんでいる。

「ユカ、ぼくのご飯ほんとに美味しい？」

「あ、ああ、うん」

「うわーい！　ユカにほめてもらっちゃった！」

「ふぉっふぉっ。良《い》がったなあ、福や」

「うん！」

囲炉裏のまわりで腹鼓に合わせて踊りだす狸に、縁は苦笑する。

そうして縁のマヨイガでの二日目は、あわただしく過ぎていったのだった。

＊

皆が寝静まった夜中、縁はぽかりと目が覚めた。

体が燃えるように熱い。吐く息も熱を帯びていた。

やっぱり風邪をひいてしまったのかもしれない。持ってきたボストンバッグの中に、頭痛薬と風邪薬くらいは詰めてきたような気がしたが、今はそれを探すことすら億劫《おっくう》だった。

はあ――と長く息を吐いて、縁はまた瞼を閉じた。

このまま眠ってしまおう。

たっぷり睡眠を取れば、朝には回復しているかもしれない。

夜の暗闇の中で目を閉じていると、蛟の物騒な表情と言葉の数々が浮かんでくる。それを懸命に振り払って寝ることだけに意識を集中した。

だけど、寝よう寝ようと思うときに限って、目がさえてくるものだ。

暗闇に目が慣れてきたせいか、今度は天井の木目の模様がやけにはっきりと見えてきた。しまいにはそれらのひとつひとつが、まるで顔や目のように見えてくる。

無数の顔と目が、自分を検分しているような気分になる。

(子どもじゃあるまいし。気にしない気にしない)

布団を目深《まぶか》に被って、目をつぶる。

ようやくまどろみが再びとろとろと体を包む間際、額に何かひんやりとしたものが触れた。

しっとりと湿《しめ》り気《け》を帯びたやわらかな手のひらのようなそれは、そっと縁の額を覆う。たった今まで氷に触れていたかのような冷たさが気持ちよかった。

心地よさに、表情がゆるむ。

無意識のうちに固く歯を食いしばり、眉間に皺が寄っていたらしかった。

縁は砂を踏みしめて、波打ち際を歩いていた。

寄せては返す波の音。天に向かって伸びる無数の黒松と赤松の林が、海沿いにどこまでも広がっている。

歩きながら、縁はすぐに気づいた。

これは夢なのだ——幻なのだと。

なぜならば、それは既に失われてしまった思い出の中の光景なのだから。

縁はランドセルを背負って、一人歩いていた。

波と追いかけっこをし、松原でかくれんぼをして、砂浜で貝殻を探す。

その日、縁は家に帰りたくなかった。前の日、ささいなことで母に叱られたのだ。きついお小言をもらったのが不満で、一日経ってもむかむかしていた。母のことを許せない気分だった。

ズボンのポケットを探る。ころんと丸い形の、半透明のかけらが出てきた。

以前、母と二人で浜辺を散歩しているときに拾ったものだ。

「これはね、シーグラスっていうのよ」

教えてくれたのは母だった。

「海に落ちたガラス瓶《びん》なんかのかけらがね、波に揉《も》まれて角が取れて、こんなふうに丸くなるの。きれいでしょう。お母さん、小さい頃はこれを集めるのに夢中になったものよ。緑や青のものは龍宮城《りゅうぐうじょう》の乙姫《おとひめ》さまが流した涙かも、白いのは人魚姫の涙かしら、なあんて想像してみたりしてね」

波打ち際で濡れていたかけらを摘《つま》んで、縁の手に乗せてくれた母。

親指の付け根のあたりに二つ黒子《ほくろ》が並んだ右の手首には、赤い紐が二重に巻かれている。母はそのミサンガに願いをかけていたそうだ。

願いは人に言ったら叶わないから――そう言って、何を願ったのか教えてくれなかったけれど。

それ以来、シーグラスは縁の宝物にもなった。暇さえあればシーグラスを探して砂浜や松原を歩くようになった。たくさん見つけて母に見せてあげると、すごいと言って母は褒めてくれたものだ。

その日は雪がちらつく寒い日だった。吐く息が白い。

でも絶対一個は見つけるまで帰らないぞ。

意地になって、縁は砂浜と松原の間を縫うように探し歩いていた。

数万本の黒松と赤松が植えられた陸前高田《りくぜんたかた》の松原は、その美しい景色で全国的にも知られる名所で、まるで海辺にこつぜんと現れた森のようだった。

夏は海水浴客でにぎわうが、雪のちらつくこの時季は、さすがに人影はない。

いったいどれくらいそうしていただろう。

海沿いの松原を歩いていたはずの縁の目の前に広がっていたのは、鬱蒼《うっそう》とした松林を貫く山の中の小道だった。

小道の先には、一軒の茅葺き屋根の家があった。

煮炊きをしているのか、屋根の煙出しからは薄く白煙が立ち上っている。

「こんなとこに、家なんかあったっけ……？」

導かれるようにしてその家の前までやって来た縁が見たのは、母娘のようなふたりだった。

先に縁に気付いたのは、少女の方だった。黒髪を肩の辺りできちんと切りそろえた和服姿の少女は、縁を指さし何やら焦《あせ》った様子で、傍《かたわ》らの女性に話しかけている。

二言三言、女性と言葉を交わすと、少女は笑顔で縁のところに駆けてきた。

「来いよ。そこじゃ寒いだろ？」

「えっ？　お、おれ？」

「いいから！　来いって」

縁はその子にぐいぐいと手を引かれるまま、家の門を潜ったのだった。

まるで、その家にだけ春が来ているようだった。

よく手入れされた庭では、牡丹《ぼたん》や雪柳《ゆきやなぎ》がこぼれるように咲き競っていた。茅葺きの屋根は苔生《こけむ》して、若木の苗さえ育んでおり、小鳥が羽を休めている。その家は、やさしく甘い花の香りで満ちていた。


雨戸とガラス戸を開け放つ、ガラガラと騒々しい音で縁は目を覚ました。

座敷には強い朝の陽射しが届いている。

むくりと布団の上で体を起こす。前髪がわずかに汗で湿り気を帯びていた。

だがどうやら、熱は下がったらしい。

とても懐かしい、夢を見ていた。

特にあの不思議な茅葺き屋根の家と、そこに暮らす親子の夢を見たのは、随分と久しぶりのことだったような気がする。

あのときの体験を、縁は誰にも話したことがなかった。

母が大変な目に遭っているときに自分はふらふらと遊んでいたなんて言えるわけがなかったし。だいいち話したとしても、到底信じてもらえそうになかったから。

——そういえば、そんな奇妙な屋敷の話がこの辺りの昔話にあったたっけなあ。たしか、迷いこんできた者に幸せをもたらす家のお話だったかな。かわいそうに、おまえはあの震災のときまだ小さかったから、きっとショックで現実と昔話がごっちゃになってしまっているんだよ。

あわれみを浮かべた顔で、周りの大人たちからはそんな風に言われるのが関の山だ。

それに縁自身でさえも、あの屋敷とそこの住人について、はっきりとした部分は思い出せないのだ。

まるで見えない手に目を塞がれていて、その指の隙間からのぞき見ているみたいに、切れ切れの断片しか思い出せない。

でもあれは、たしかに現実だった。夢や幻じゃない。それだけは言える。

(だっておれは、あの子が握った手のひんやりした感触を、こんなにはっきり覚えてるんだもの……)

手のひらにじっと視線を落としていた縁は、ふと気が付いた。

今日はやけに静かだと思ったら、もうあの激しい水音がしないのだった。

期待を胸に布団から這い出して腰高障子を開け、ガラス戸ににじり寄る。

その向こうに広がっていたのは、枯れた水草の茂みを貫いて、穏やかに流れる中津川沿いに、古いビルや民家が立ち並ぶ盛岡の街並み――では、なかったのだ。

4

マヨイガは鬱蒼とした木々に覆われていた。

一夜にして今度は森の中に移動したらしい。密集した木々の枝葉の隙間からわずかに見通せるのは、白っぽい石か岩の群れのようだった。川原なのかもしれない。

「どこだ……ここ」

「さあな」

作務衣姿の蛟が、目線はガラス戸の外に向けたままで言った。どうやら先ほどの音の主は彼らしい。

「さあなって……そんな悠長な」

呆れたように言いながら、縁も蛟の隣に並ぶ。

寝癖だらけのプリン頭に比べ、蛟の黒髪は相変わらず椿油《つばきあぶら》で念入りに手入れされたかのようにしなやかだ。昨日と同じく、鎖骨のあたりでゆるく紐で結われて、毛先は体の前の方に垂らしてある。

「言っただろ。マヨイガがいつどこに出るかはおれたちにもわかんねえんだよ。仮にわかったとしても、止める術《すべ》もないがな」


マヨイガを出てしばらく歩くと、森を抜けた。

日陰がなくなると湿気をはらんだ熱い風がむわっと吹き付けてきて、縁は顔をしかめた。

「うわ、あっつー」

あっという間に首筋を伝い流れ落ちる汗を、首にかけたタオルでぬぐう。かなり年季が入っていて、生地も薄くなりループのほつれが目立っていた。

清水家では早く捨てなさいとよく言われていたが、縁はこの古いタオルを愛用していて、マヨイガにまで持ってきていた。転校する前に在籍していた小学校が、縁にもと送ってきてくれた卒業記念品なのだ。

じーわじーわと、にぎやかな蟬《せみ》たちの大合唱が雨のように降り注いでくる。

つい昨日まではダウンジャケットを着ていなくては震えるほどの寒さだったのに、今の暑さは真夏のそれだ。

縁は高校のときの学校指定の半袖Tシャツとジャージを身につけていた。暑いので、ジャージの裾《すそ》は膝までまくり上げている。あまり服を持っていない縁の、貴重なパジャマ兼普段着だ。もちろん足元も高校時代から履いているスニーカーだ。

蛟は昨日と同じ藍色の作務衣と雪駄《せった》だ。汗ひとつかかずに、涼しい顔なのが小憎らしい。

ふたりの少し先を、福がはしゃいだ様子で駆けていく。

「ねえねえみーちゃん、ユカ！　蟬が鳴いてるよー！　きれいな川もあるよ！」

福の言うとおり、目の前を流れているのは、いかにも冷たそうな澄んだ水が流れる清流だった。

川面を照らす強い陽射しが、細かな光の破片になって、川岸に降り注いでいる。

川幅も水深も、マヨイガが盛岡にいたとき、目の前を流れていた中津川と同じくらいか。深いところでもせいぜい水深は大人の膝くらいだろう。大きな石が流れのところどころに顔を出しており、あちこちに魚影も見える。

ふりかえると、青々とした木々の狭間にマヨイガの屋根がわずかに突き出ているのが見えた。

二頭の龍が向かい合った紋が刻み込まれた屋根つきの門は、大小さまざまの丸みを帯びた石が転がる川原と森との境目の辺りに、突き刺さるようにして立っている。

「どこだ……ここ」

「さあな」

先ほどと同じやり取りを繰り返すと、蛟はぽりぽりと頭をかいた。

「少なくともわかってるのは、あの滝の上とは違う場所ってことくらいだな」

「それにしたって暑いんだけど……」

「マヨイガは時と場所を選ばないからなあ。そりゃ、季節くらい変わることもあるだろ」

「おれ……盛岡に戻れるのかな」

「さあな」

「ねえねえみーちゃん、ユカ！　見て見て！　お魚獲《と》れたよ！」

びちびちと跳ねる川魚を手に、嬉々として福が戻って来る。もふもふの毛皮は早くもずぶ濡れだ。

そこに、きゃーっ、と甲高《かんだか》い子どもたちの歓声が響いてくる。

対岸の川べりでは、小学生から中学生くらいの子どもたちがはしゃいで騒いでいた。十数人はいるだろうか。年齢も性別もばらばらだ。

水遊びに夢中な子どもたちをよそに、大人たちは分乗してきたらしいマイクロバスと自家用車から、段ボールに入った食材や調理器具などを運び出していた。バーベキューでもするのか、炭火を熾《おこ》している者もいる。

「騒々しいやつらだな」

「たぶん、サマーキャンプとかじゃないかな」

「さまーきゃんぷ？」

「うん。今はどうだかわかんないけど、おれが子どものときは、夏休みに町内の子ども会の行事でキャンプがあったよ。こんな風に近所の大人に連れられてキャンプ場に来て、テント張ったりバーベキューしたり――」

「待ってよ、ユカくん！」

ひときわよく通る少女の声がした。

つられて見れば、白いワンピースを着た髪の長い中学生くらいの少女が、ばしゃばしゃと浅瀬に水しぶきをあげながら、こちらに向かって来る。藻でぬめる川底の石に苦戦しているのか、ひどく歩きにくそうだ。

彼女の少し前を歩いているのは小柄な少年だった。小学校の中学年くらいに見える。夏だというのにあまり日に焼けておらず、半袖Tシャツと半ズボンからのぞく手足は不健康に感じられるほどに青白い。

怒っているような表情で、それが責務だとでもいうように歩いている。彼も歩きにくそうだったが、むすっとしたままやみくもに足を進めているような印象だった。

「ねえ、ユカくん！　待ってってば！」

もう一度少女が呼んでも、少年の歩みは止まらない。明らかにその声は届いているだろうに。

「おい、あれ……」

口火を切ったのは蛟だった。

縁は何も言えず、ただ棒のようにその場に立ち尽くしていた。

その目は蛟の方を見てはいない。浅瀬をゆく少年と、懸命に後を追う少女に吸い寄せられたままだ。

少年はむっつりとした顔のまま、歩き続ける。

「ねえ、ユカくんってば！　あっちでみんなと遊ぼうよ。きっと楽しいよ。ね？」

ほどなくしてようやく少女が追いつき、少年の腕を取る。だが少年は無言のまま、その手を振り払った。諦めずに少女は少年の肩を捕まえる。

「おい、今のガキ、『ユカ』って言ってたよな。あれってもしかして――」

「……昔の、おれだ」

ようやく蛟の方を見た縁は、ひとりごとのような調子で言った。

「昔のおれと……ちい姉だ」

「ちい姉？」

訝《いぶか》しげに蛟が眉をひそめたときだった。

「もう、うるさいなあ！　触《さわ》んなよ！」

怒気をはらんだ少年の声がした。

つられて顔を向けた縁と蛟が見たのは、肩を捕まえた少女の手を力任せに振り払う、あの少年の姿だった。

よろめいたはずみに川底の石で足を滑らせたのか、少女がバランスを崩す。

「あっ」

それは誰の声だったのか。

少年か縁か、それとも蛟か。

少女は受け身も取れずに頭から浅瀬に倒れ込み、そのまま動かなくなった。

水に濡れた長い髪の間から、じわじわと赤い染みが広がってゆく。それは水を吸った白いワンピースを染め、周囲の水をも染めて広がっていった。

気づいたとき、縁は駆け出していた。

川を渡り、倒れた少女の元に駆け寄って、水の中から抱き起こす。

額からの出血は、彼女の顔半分を赤く染めていた。

ぐったりとして目を閉じたままの少女を横抱きにして、縁は川べりの大人たちの元へと走った。ぬめる石が進路を阻んだが、絶対に転ぶものか、彼女を落とすものかと、その一心で縁は走った。

「救急車！　救急車を呼んでください！」

楽しいはずのサマーキャンプは騒然となった。

キャンプに同行していた少女の両親が、必死に少女の名を呼ぶ。母親が額に当ててたタオルはあっという間に真っ赤になった。

間もなくやって来た救急車に乗せられる間際、もうろうとした表情で縁のTシャツを握りしめた少女は言った。

「ユカくんは、悪くないよ……」

縁は目を見開く。

その囁きを聞いたのは、縁だけだったのかもしれない。

血にまみれたシャツの縁を川原に残して、少女は救急車で運ばれていった。

突然現れた縁のことを、あれこれ詮索する者はいなかった。

それどころではないというのが妥当な線だろうが、縁が地元の高校の学校指定ジャージを着ていたせいで、どこかのうちの高校生が紛《まぎ》れ込《こ》んでいると勝手に思われたのかもしれない。

「怖いわねえ、あの子」

「震災でお母さんを亡くして孤児になったところを、親戚の清水さんちが引き取ったんですって」

少女の両親も救急車に乗って行ったのをいいことに、他の子どもの母親たちが集まってヒソヒソと噂話に花を咲かせていた。

声をひそめているつもりかもしれないが、丸聞こえだ。

「でもあの子、全然懐《なつ》いてくれなくって困る、って奥さんがこぼしてたわよ」

「あたしも聞いたわ。話しかけてもほとんど答えないし、近所の子が遊びに誘ってくれても無視するんですって」

「まあ。それじゃ清水さんちも大変よねえ」

「うちの子、あの男の子と同じクラスなんだけど、学校でもあんな調子みたいよ。せっかく清水さんが養子にしてくれたっていうのに、頑《がん》として前の苗字を名乗ってるんですって。『清水』って呼ばれても返事しないみたいよ」

「いやあねえ。そこにもってきて自分の娘にあんな暴力ふるわれたら、いたたまれないわよねえ。智明《ちあき》ちゃん、たしかまだ中学生よね」

「智明ちゃんも、やさしい子なのにとんだ災難よね。怪我、顔だったわよね？　痕《あと》が残らないといいけど……」

ちっ、と小さく舌打ちが聞こえた。

苦虫《にがむし》を嚙み潰したような顔の蛟が、女性たちを睨みつけている。

少年は、智明が倒れた場所に立ち尽くしたままだった。

縁はそちらを一瞥《いちべつ》したが、少年を浅瀬に残したまま、対岸まで渡り終えマヨイガへと引き返そうとする。

「おい」

背中へ投げかけられた声に、縁は足を止める。

声の主は、ふりかえらなくともわかっていた。

「あれ、ほっといてもいいのか」

「いいのかって言われても……」

首ににじむ汗をタオルで拭《ぬぐ》いながら、縁はちらりと目だけを動かして少年の方を見た。

彼はやはり、俯いたまま浅瀬に立ちすくんでいる。

川の水は冷たい。とうに痺れるほど体は冷えているだろうに。

その冷たさを、縁はとてもよく知っていた。

「おまえ、それで後悔しないのか？」

動けずにいる縁の肩を、蛟が摑む。

「おまえがそれでいいならおれはもう知らん。だけど、後になってぐちぐち泣き言を言うなよ。付き合ってられねえからな」

そのまま強制的に浅瀬へ体を向けさせられる。

「いいか。後悔するくらいなら、逃げるんじゃねえ。一度逃げたら後悔すんな。最後まで責任持って逃げろ」

二度目の舌打ちは、縁のものだった。

バシャバシャと乱暴に水を蹴散《けち》らしながら、少年の元へと向かう。

首にかけていたタオルを外すと、少年の頭にばさりと被《かぶ》せた。無言のまま、岸辺へ向かって少年の手を強く引く。

けれど少年はその場から動こうとしなかった。

「おまえ、このままずっとここにいるつもりか」

知らず、声が低くなる。

怯《おび》えたようにびくっと少年の薄い肩が震えた。

いやいやをするように、首を横に振る。

棒のように細いその手首を掴んだまま、縁は思い出していた。

そうだ。

あのときのおれは、無理矢理でもいいから、こんなふうに誰かにここから連れ出してもらいたかった。

意地っ張りでわがままなおれは、自分の力じゃ抜け出せなかったから。

「おまえが辛いんだってこと、みんな知ってるさ。でも、おまえが変わりたいって思わなけりゃ、何も変わらないぞ」

少年は、肩を震わせて泣いていた。

「ぼく……母さんと一緒のところに、行きたかった」

それはともすれば、川の音にかき消されてしまうほどのか細い声だった。

縁はタオルの上から少年の頭と肩を、やさしくぽんぽんと叩く。

「大丈夫だよ。おまえのこと、ちゃんとわかってるから。大丈夫」

*

「なあ……これもやっぱり、マヨイガのしわざなのかな」

縁は炉端で体を丸め、ぐったりと肩を落とした。

着ているシャツに染み込んだ智明の血は、もう赤黒く乾きかけていた。

囲炉裏ではじいじが熾してくれた火が揺れている。外は真夏の天気とはいえ、冷たい水に濡れた体は冷えきっていた。

自在鉤にかけられた鉄鍋からは、湯気が立ち上っている。

「まあ、マヨイガじゃあ、よくあることだからな」

囲炉裏を挟んで縁の向かいにあぐらをかいた蛟は、先ほどから鉄鍋の中身を木の杓子でかき混ぜている。

「ほれ。あったまるぜ」

湯飲み茶碗に注いで差し出されたのは、白くどろりとした液体だった。米粒のようなものも見える。かすかに甘い香りもしていた。

「これ……」

蛟はふん、と鼻を鳴らした。

「おまえ、甘酒も知らねえのかよ」

「あ、甘酒くらい知ってるよ」

「ふぉっふぉっ。蛟の甘酒は美味《うま》いぞ。遠慮なくお相伴《しょうばん》にあずかりなされ。今、風呂を沸かしておるでな」

昨日と同じように炉端の座布団の籠の中でじいじがひげを揺らしている。

蛟は隣の福にも甘酒を取り分けてやっていた。

「いただきまーす！」

「……いただきます」

「おう。飲め飲め」

福は座布団に人間のように後ろ足を投げ出して座り、前足で茶碗を持ってふうふうと吹いて冷ましながら、嬉しそうにすすっている。

縁も福にならって、そっと口をつけた。

砂糖でつけた甘味とは全然違う、体中にやさしくしみわたるような甘さが口の中に広がる。茶碗を通して手のひらに伝わってくるぬくもりが、体を芯からじんわりと温めてくれるような気がした。

「……おいしい」

「でしょー？　甘酒はみーちゃんの唯一の得意料理なんだよね」

「おまえはいつも一言余計なんだよ」

隣から伸びた手にもちもちの頰を引っ張られながらも、福は楽しそうに「えへへ」と笑っている。

蛟は自分も甘酒を取り分けて口に運ぶ。だが人一倍猫舌なのを忘れていたのか、「あちっ」と声を上げた。

そんな蛟たちの様子に、縁はわずかに表情をゆるめる。

蛟は咳ばらいをして、話を戻した。

「さっきの話だけど。マヨイガは風の吹くまま気の向くまま、ふらふらと旅をする性分のものなんだ。だがそれは何も、場所だけの話じゃねえんだよ。時間さえも超えて、旅しちまうこともあるんだ。こんなふうにな」

「まさか……」

言いかけたものの、縁はそれきり押し黙った。

あの生々しい体験が嘘やまやかしの類ではないことは、誰よりも縁自身が一番よく知っていたから。

ゆっくりと記憶の糸を解きほぐしていく。

たしかにあのとき、倒れた智明を傍《そば》にいた大人が助けてくれたような気がした。動揺していたからあまりはっきりとは覚えていないが。

「マヨイガは、今さらおれにこんなことをさせてさ……どうしたいってんだよ」

蛟は鍋に残った甘酒が煮詰まりすぎないように、火かき棒で炭を動かして火勢を調節する。

「おまえ、本当は心の中じゃ、あのときのことを後悔してるんじゃないのか？　あのときに戻ってやり直せたら、って思ったことがないわけじゃないだろ」

「それは……」

「あの女のガキも言ってたろ。おまえが悪いわけじゃねえって。あれは事故だった。それにおまえがあそこにいたから、あの人間の女は手遅れにならずに助かったんだ。もしガキ同士だけだったら、手当てが遅れた可能性だってあるだろ」

「でも……」

沸点の低い蛟の忍耐は、そろそろ限界に達しつつあるらしい。

縁の言葉を強引に遮《さえぎ》って、手にした火かき棒で縁を指す。

「おまえ、いいかげん、自分でもわかってるんだろ？　おまえのことが許せねえのはあの女じゃねえ。おまえ自身さ」

　手元にじっと目を落としたままで、縁は言った。

「……蛟も、さっきのおばさんたちの話、聞いてただろ?」

「それが、どうした」

「あの人たちの言うとおりだよ。小学生のときのおれは、問題児だった。今もたいして変わんないけどね」

　縁は顔を上げる。

　翡翠の双眸は、その視線をまっすぐに受け止めていた。

「なあ、蛟はさ、七年前に東北で大きな地震があったの、知ってる?」

「ああ」

「子どもの頃、おれは母さんと二人暮らしだった。その頃は盛岡じゃなくって、陸前高田っていう沿岸の街で暮らしてたんだ。あの日、母さんはたまたま仕事が休みで家にいた。でも前の日にちょっとしたことで叱られて、おれは朝になってもまだ拗《す》ねていた。ほんと、ガキだよな」

　縁はぐすっと鼻を鳴らした。

「でも母さんはそんなおれに、『ユカの好きなおやつを作って待ってるね』って言ってくれた。なのにおれは、ろくすっぽ返事もしないで家を出たんだ。行ってきますさえ言わなかった」

　声が水っぽく震えた。

　こみあげてきた熱いもののせいか、一気にしゃべったせいかはわからないけれど、のどの奥が詰まったように苦しい。

　だけどここで止めたら、今度は自分の言葉で溺れてしまいそうだった。

「あの日、授業は午前で終わったのに、おれはわざと遠回りして、寄り道しながら帰ったんだ。ホント、ガキだよ。あのままますぐに帰ってたら、きっとあの地震のときには家にいられた。津波が来たとき、母さんの近くにいられたはずなんだ」

「あんたは……どこにいたんだ？」

「おれは、海辺の松原をぶらぶら歩いてた。これを探してたんだ」

　縁はジャージのポケットから、いつも身につけているお守り袋を引っ張り出す。

「これ、シーグラスっていうんだ。ガラスの瓶なんかが海に落ちて割れると、波で洗われているうちに角が取れて、こんなふうに丸くなる」

　色褪せた袋に入っていたのは、勾玉のような形の緑色をしたガラス片だった。

「おれが育った街は、砂浜に広い松原があってさ。いつもおれと母さんはそこを散歩してた。嵐が来ると、わくわくしたもんさ。嵐の後には、浜辺にいろんなものが打ち上げられるから。

そんなときは、母さんとふたりでよく宝探しに行ったよ。これも、そこで拾ったんだ。母さんはこれを『龍宮の乙姫さまの涙みたいにきれいね』って言ってた」

手の中で、ガラスのかけらを転がす。

「あの日、海辺の松原を歩いていたはずのおれは、気づいたらいつの間にか、山の中の松林の道を歩いていた。その先にあったのは、茅葺き屋根の古い家だった。このマヨイガにすごくよく似てたと思う」

蛟は表情を変えず、黙って縁の話を聞いていた。

静けさを湛《たた》えた翡翠色の瞳は、話の続きを促《うなが》していた。

「おれはそこに招き入れられて、家で待ってるはずの母さんのことをすっかり忘れて、その家にいた子と遊んだり、おやつを食べたりした。そのうちに夕方になって、その不思議な家を出たおれは家に向かった。

すっかり遅くなったから母さんが待ってると思って、おれは来たときと同じように松の並ぶ道を走った。でもすぐに、おかしいって気づいた」

「おかしい？」

「……なくなってたんだ。道も、街も、何万本もあった松の木も……何もかも」

口の中がからからだった。

すっかり冷えてしまった甘酒を口にふくみ、舌を潤《うるお》す。

「おれが、あの不思議な家で遊んでいたのは半日にも満たなかったと思う。でも実際は、震災から一週間も経ってた。おれが母さんとふたりで住んでいた借家は、地震の後の津波で流されて、瓦礫《がれき》の山になってたよ」

「それで、あんたは盛岡に……清水とかいう親戚の家に来たのか」

縁は頷く。

「周りの大人たちに避難所に連れてってもらって、そこでもおれは必死に母さんを捜したよ。でも、見つからなかった。そのうちに、母さんとおれを捜しに避難所を回ってくれていた清水の家の人たちに会えて――おれは、ちい姉の家の子になったんだ」

ふいに、縁の腕にふわりとあたたかいものが触れた。

見下ろすといつの間にか福が隣に寄り添っていて、猫のように体を丸めていた。

その豊かな毛並みを撫でながら、縁は続けた。

「でもおれにとっては、清水のうちはあくまで親戚のうちであって、どうしても自分の家だって思えなかった。おれが辛さを忘れて早く新しい環境になじめるようにって、何かと世話を焼いてくれる清水の家の人たちや新しい学校の先生のことが鬱陶しかった。ほうっておいてほしかった。

だからずっと、いらいらしてたんだ。誰もおれの気持ちなんかわかってくれない、わかろうともしてくれないんだって思ってた。おれが本当はどうしたいのか、誰も聞いてくれなかったから」

じん、と鼻の奥が痛む。

今の顔をあまり見られたくなくて、手の甲で乱暴に鼻の頭を擦《こす》ってごまかした。

「あのとき、家に帰ってからこってり搾《しぼ》られたよ。『智明は二針も縫ったんだ』『痕が残るそうだ』『女の子の顔に、なんてことをしてくれたんだ』ってね。

だけどおれは、そんな言葉を聞き流してた。ほら、道を歩いてるときってさ、道端でおしゃべりしてる人たちの声とか、行き交ってる車の音とか、ほとんど無意識に聞き流してるだろ。あんな感じだった。ずっと」

蛟は何も言わず、凪《な》いだ水面のように穏やかな翡翠の瞳で、ただ黙って縁の話を聞いていた。

じいじも何も言わない。

そうしていると、ただの木彫りのお面みたいだ。

この沈黙がなぜか、ひどく息苦しい。

「結局、おれはあのときのことを一度もちい姉に謝れてない。病院から帰ってきたちい姉は、顔半分を包帯でぐるぐる巻きにされてたのに、言ったんだ。『あたしが足を滑らせただけなんだから、ユカくんは気にすることないよ』って」

智明が救急車で運ばれていく間、縁は智明の元へ駆け寄ることも、そこから逃げることもできずに、冷たい川の流れに足首までさらして立ち尽くしていた。

今でも時折感じることがある。自分の一部はあのときのまま、あの場所に置いてきてしまったのではないかと。

あの場所から、どこにも行けず。

戻ることも、進むこともできずにいる、おれのかけら。

水と石とで揉まれ続けているうちに、擦られ削られ砕けて小さくなって、誰にも知られずに消えてゆくような気がしていた。母と集めたシーグラスのように。

「おれは何も言えなかった。『ごめんなさい』のたった一言さえ。だからおれは、ますますただの厄介者になっていったんだと思う。でもあの人たちが悪いわけじゃない。自業自得――」

「ユカは悪くないよ！」

それまで黙って話を聞いていた福が、縁の言葉を遮って大きな声を出した。

あまりに突然だったので、縁は肩をすくめる。

「だって、お姉ちゃんを助けたのはユカじゃないか！」

縁は苦笑いした。

「助けたって……今日の話だろ」

「それでも立派に助けたよ！」

「でも、ちい姉の顔にはあのときの傷が今でも残ってるんだぜ。ちい姉だって、おれなんか引き取らなきゃよかったって思ってるかもしれな――」

「そんなことないよ！　うわーん、ユカのバカー！」

福は大きな目からぽろぽろと大粒の涙を流して、縁の胸にしがみつく。

困り顔で縁は、そのもっふりした背中をやさしく撫でた。

「バカって言われてもな……おい、頼むからそんな泣くなよ」

だけど福はいっこうに泣きやまない。

鼻水をすすりながら、人間の子どものようにわんわん泣くばかりだ。

「福は相当おまえに懐《なつ》いたみたいだな」

やれやれという口調で言ったのは蛟だった。

あぐらをかいた膝の上で頬杖をついた蛟の表情は、それまで見たことがないほどにやさしげだった。揺れる囲炉裏の炎が、その白い美貌に映《は》えている。

「福はさ、おまえがこれに懲《こ》りてマヨイガから出てくんじゃないかって、心配になってるんだよ」

「おれが？」

思わず腕の中の狸を見下ろす。

福はびくっとしたように縁を見上げた。

その大きな黒い目から、また涙が溢れる。

「ユカ、ぼくたちのこと、嫌いにならない？　ここにいてくれる？」

縁は即答できなかった。

また福の目から涙がこぼれ落ちる。

「うわーん！　やっぱりユカ、管理人見習いさん辞めるつもりなんだー！」

「ちょ、ちょっと落ち着けよ、福」

「だったら、見習いさん続けてくれる？」

「うっ」

これでは完全に福のペースだ。

言葉に詰まった縁に、籠の中のじいじが「ふぉっふぉっ」と笑って体を揺らす。

頬杖をついたまま、蛟もくすりと笑った。

「なあ、あんたはどう思ってるか知らないが、マヨイガやおれたちみたいな物の怪が起こすこと——もっと言っちまえば、この世で起こるすべてのことには、善悪だの白黒だのなんて理屈はないんだぜ」

「え……？」

「福を見てりゃわかるだろ。物の怪だろうが人間だろうが、行きたいから行く、やりたいからやる、ただそれだけだ。おまえがこいつに好かれたのは、別におまえがこいつに好かれようと企んで何かをしたからじゃない。こいつがおまえを好きだからだ」

福は目にいっぱい涙をためて、縁の顔を見つめている。

「天災だって似たようなもんだ。おれたちも天災も、人間からしたらみんな、もともと理不尽なものさ。そこにいちいち意味づけをしたがるのは人間くらいなもんだ。そんなことしたって、自分が辛いだけだろ。おれには理解できないね」

縁は福をそっと抱きしめた。

「だって、事実は事実だし……」

「まーた『だって』かよ」

聞き飽きたというように蛟は鼻を鳴らす。

「家ん中に閉じこもってんのは確かに楽だけどな。思いきって一歩外に出てみたら、案外いい天気かもしれないだろ？　こんなふうにさ」

蛟は親指でくいっとマヨイガの外を指し示した。

開け放たれたままのガラス戸の向こうに広がる青い空には入道雲が立ち上がり、蟬たちがにぎやかに歌い競っている。一度きりの短い命を、燃やし尽くすように。

「マヨイガに残るか出てくかはおまえの勝手だけどな。ま、おれは別にどっちでもいいぜ。盛岡に戻らなくともどうってことないし」

「えーっ！　嫌だよユカ、マヨイガにいてよう！」

「暴れんなって、福。ちょっと蛟、今のどういうこと？」

じたばたと腕の中でもがく福を宥めながら訊ねる縁に、蛟はとぼける。

「さあな」

「……もし、盛岡に戻りたいって……。ちゃんとした管理人になれるかどうかはわからないけど、見習いからだったらやってみるよって決心がついたら、戻れるのかな？」

蛟は意味ありげに口の端を上げて笑う。

みしし、と小さく家鳴りがした。

そこへ、まるでタイミングを計ったように、リリリリリン――と、けたたましい電子音が鳴り響く。

「わっ」

福を抱いたまま、縁は驚いて竦み上がった。

電子音の発生源は、縁のジャージのポケットに入っているスマートホンだった。

「な、何だ？」

慌《あわ》ててスマートホンを取り出した縁は、発信者の名前を見て硬直した。

「どうしたの、ユカ？」

「……ちい姉」

自分の部屋の座敷に移動した縁は、震える指で通話ボタンを押す。

『ああ、やっとつながった。……ユカくん？　ユカくんだよね？』

電話の向こうから聞こえてくる智明の声は、焦りのせいか少しだけ上ずっていた。

「あ、ああ。うん」

『心配したんだよ。ユカくん、何回電話しても全然出ないいし。いきなり一人暮らしするって決めて、あたしがいない間にうち出てっちゃうなんて……お父さんもお母さんも、止めないなんて信じられない』

「違うよ、ちい姉。おれが相談しないで勝手に出てきたんだ」

『お父さんたちなんて、庇《かば》うことないんだよ』

「庇ってないって。おれが自分で決めたんだ」

電話越しのせいか、それとも相手が智明のせいか。するすると言葉が出てくる。

不思議だった。数日前にも話したばかりなのに、もうずっと長い間、会えていなかったような気がする。話したいことが溢れてくる。

清水家の両親にも、智明にも。ずっと感じていた負い目のようなものが、氷がゆっくりと溶けるように、少しずつほぐれていくような感じがした。

『……ユカくん？　聞いてる？』

「あっ、ごめん。ぼーっとしてた。引っ越ししたばかりでいろいろあったから、ちょっと疲れたのかも」

『大丈夫？　あたしも何かお手伝いに行こうか？』

「ううん。大丈夫だよ。……なあ、ちい姉」

『え？』

「ありがとう。……ごめんね」

　やっと言えた。

　声が震えて、涙がこみあげてくる。

　顔を拭くものを探して、ボストンバッグの中を手探りする。指先に触れたやわらかい感触のものを引っ張り出し、それが何かを目にしたとき、縁の動きは止まった。

　ぼろぼろになったそのタオルは、先ほどあの少年に——子どもの頃の縁の頭に被せてやったものだった。

　縁が在籍していた陸前高田の小学校名がプリントしてある。

　かすれてほとんど消えかけてはいるけれど、間違いない。

「これ……どうしてこんなところに……」

　すぐにはその意味がわからなかった。

　けれど、おそらく彼はずっと大事に持っていたのだろう。

あの日のわずかなぬくもりと言葉を、心の支えにして。

『ユカくん？　どうかした？　ユカくん？』

電話の向こうから智明の声がする。

けれど縁は今度こそ、溢れる涙を抑えきれなかった。

——大丈夫だよ。おまえのこと、ちゃんとわかってるから。

ああ、そうか。

おれは嬉しかったんだな。

あのときおれは、誰かにこう言ってほしかったんだ。

頑張れでも、いい子ねでもなく、ただ大丈夫だって言ってほしかった。

おまえの気持ちがわかるよって、言ってほしかったんだ。


開け放たれたガラス戸の向こうから、静かな川のせせらぎが聞こえてくる。

菫色《すみれいろ》に染まり暮れてゆく空を、高く鳴き交わしながら飛んでいく水鳥の姿が、影絵のように浮かび上がって見えた。

悠々と流れる中津川沿いに並ぶ家々は夕闇色に染まり、温かい灯りのともる窓から漂ってくる夕餉《ゆうげ》の匂いが、マヨイガの中まで届くのだった。

第二話　働かざるもの食うべからず

1

『杉浦《すぎうら》くん、悪いんだけど、もう来てもらわなくていいから』

スマートホンの向こうから聞こえてくる店長の不機嫌な言葉を、縁《ゆかり》は死刑宣告のような気持ちで聞いていた。

がーん、とわかりやすい音が脳内で反響している。

マヨイガが元いた盛岡《もりおか》の閑静な住宅街に戻ってきて、やれやれよかった――と思ったのも束の間、智明《ちあき》との会話で縁は大きなショックを受けた。

マヨイガが盛岡を離れていたのは一日か二日の出来事だったと思っていたのだが、実際は一週間も経ってしまっていたのだ。どうやらマヨイガの中と外では、時間の流れが変わることがあるらしい。

その間ずっと、不可抗力とはいえ縁は無断でバイトを休んだことになっており、あわてて連絡したものの、あえなくクビを言い渡されてしまったというわけだった。

これは縁にとって非常に痛手だった。高校時代からずっと続けてきたし、あそこまで実入りのいいバイト先はなかなかない。このままでは、蓄《たくわ》えのほとんどない縁は無一文までまっしぐらだ。

浦島太郎ってこんな気分だったのかな、なんて思いながら、縁は通話を切った。

『だったらユカくん、うちに来ない？』

その話を聞いた智明は、いとも簡単にそう言い放った。

「え？　うちって、ちい姉の職場のこと？」

『うん。うちの工房ね、作品を直接売るショップも併設してるんだけど、そこの店番のおばあさんが、腰の手術で入院することになっちゃったの。あたしが店番をしてもいいんだけど、今、中国向けの輸出用の注文がたくさん入ってすごく忙しくて、たまに泊まり込みになるくらいだし。ね、短い期間だけでもいいからちょっと考えてみて』

縁にとって、智明の申し出は渡りに船だった。

*

「よし、こんな感じかな」

「うん！」

自転車の籠《かご》に入れられた福《ふく》は、籠の縁《ふち》に手をかけて準備万端といった顔だ。

福の毛並みをすっぽり覆い隠すように、縁は自分の黒いスウェットのパーカーを被《かぶ》せる。

自転車の周りをうろうろ何周もして、ちゃんと福が隠れているかを、縁はもう一度丹念に確かめた。

「そんなんするだけ、無駄だと思うぜ」

相変わらず藍色《あいいろ》の作務衣《さむえ》姿で、縁側の日当りのいい場所に寝転がったまま、蛟《みずち》が言う。

「念には念を入れるにこしたことないだろ。よし、しっかり摑《つか》まってろよ、福」

福は楽しくて仕方がないというように、大きな目をきらきらさせている。

「出発しんこー！」

「気をつけてなあ。面接も頑張っておいでー」

じいじに見送られ、縁はマヨイガからゆっくりと漕《こ》ぎ出した。

智明の工房でアルバイトをするため、責任者の面接を受けに行くのだ。

「見た目はちょっと怖いかもしれないけど、やさしい人だから大丈夫」

そう智明は言っていたが、見た目が怖いという段階で、実は縁はちょっと尻込みをしていたりする。

そこに福がついて行きたいと言ってきかなかったため、福のためを装いつつも、内心では道すがら話し相手がいることに、ちょっとほっとしていた。

もし面接に落ちるなんて事態になったら、さすがにここ数日の精神的ダメージが大きすぎて寝こんでしまいかねない。

ふたりを乗せた自転車は、川べりの道を滑るように走る。

車がようやくすれ違えるかどうかという細い道なので、家がこの近くにある住民以外はほとんど通ることがない。おまけにここ数日の陽気で、道端の氷はほとんど消えていた。

細い道を抜けると、右手に上《かみ》の橋が見えてきた。

上の橋は中津川《なかつがわ》に架かる古い橋で、焦《こ》げ茶色に塗られた木造の欄干《らんかん》と、玉葱《たまねぎ》のように丸くふくよかな形の青銅の擬宝珠《ぎぼし》が今も残されている。市民にはおなじみの、盛岡の顔ともいえる風景のひとつだ。

自転車は上の橋を右手に見ながら左に折れて、二車線の道路に合流する。そこをまた右に曲がり、アーケードの商店街へと滑《すべ》りこんでいく。肴町《さかなちょう》の商店街だ。

「ぼく、ここの商店街で晩ご飯の買い物したこともあるんだよ」

「えっ、その格好でか？」

思わず大きな声を上げると、福はきゃっきゃと笑った。

「ううん。まっさかあ。ちゃんと人間に化けるよ」

「だよな……」

「じいじも人間に化けられるよ。アーケードの中の喫茶店で一緒にフルーツパフェ食べた後、パン屋さんでおやつ買って、本屋さんで絵本選んでもらったりもしたよ」

「へえ、完璧な盛岡市民じゃん」

そんな会話をしながら信号待ちをしていると、隣のご婦人ふたりがヒソヒソと話す声が漏れ聞こえてきた。

「ちょっと、あの子……ねえ？」

「そうそう。さっきからずっとひとりでしゃべって、怖いわねえ。あんな派手な頭してるし、おかしな薬でも使ってなければいいけど」

「やっぱり、春だからかしらねえ」

（やば。ちょっと声がでかかったか？）

そのとき、急に吹きつけてきた風が、福に被せていたパーカーをべろんと大きくめくり上げた。

（わあっ！）

この上、籠に狸《たぬき》を入れているなんてことがばれたら、ちょっとした騒動になりかねない。

あわててパーカーを直そうとした縁の視界に、商店のショーウィンドウが飛び込んでくる。

（ん？）

その光景に、どこか違和感を覚えた縁は手を止めた。

ガラスに映る自分の姿をじっと見る。そこにいるのは、ペダルに足を掛けた高校生くらいの男子がひとり。

だが前籠の中には、いるはずのものがいない。

そう、そこにあるのは奇妙に膨《ふく》らんだパーカーだけで、肝心の福の姿が映っていないのだった。縁が動揺している原因に気づいたのか、もふもふ毛並みの付喪神《つくもがみ》はパーカーから顔を出すと、申し訳なさそうに前足で頭を小さく掻《か》いた。

「あー、ごめんねユカ。街に出たのがあんまり久しぶりだったから、すっかり忘れてた。ぼくら、普通の人間の目に見えるためには、その人に波長を合わせてあげないとダメなんだっけ」

「えっ、じゃあおれは？　おれ、最初から福たちが見えてたぞ」

「ユカはマヨイガに選ばれたから、ぼくたちが見えるんだよ。普通の人には、ぼくやみーちゃんのことは見えないし、じいじの声も聞こえないんだよ」

「え、えええ！」

さすがに叫びかけて、ハッと口を塞《ふさ》ぐ。

さっきのご婦人ふたりがまたこっちを見ていたが、縁と目が合うとささっと目を逸《そ》らし、信号が青になると足早に去っていってしまった。

大惨事になる前に気がつけてよかった。いや、もうある意味大惨事か。

出がけに蛟が無駄だと言っていた意味がわかり、ぐったりうなだれる縁だった。

＊

やがて緑たちが着いたのは、近代的な造りの民家や店舗に交じって、懐かしさを感じさせる焦《こ》げ茶色をした木造建築が立ち並ぶ一角だった。

肴町のアーケードを抜けて少し走ったところにあるこの辺りは、鉈屋町《なたやちょう》と呼ばれている。鉈屋町では昔ながらの盛岡町家《まちや》が数多く保存されており、今なお住宅や店舗として使われている、風情ある一帯だ。

隣家との隙間がほとんどないほどに整然と建てられた町家のうちの一軒に、緑は自転車をとめた。店舗を兼ねた工房らしく、建物正面に掲げられた看板には、『南部鉄器　製造販売　不来方《こずかた》鋳房《ちゅうぼう》』と刻まれている。

正面のガラス窓の向こうには、昔ながらの黒や茶色をした鉄瓶《てつびん》や茶釜《ちゃがま》と一緒に、ピンクや緑などのカラフルな塗装を施されたティーポットなどが、所せましと並べられているのが見えた。

パーカーをめくって福を抱え、地面に下ろす。緑の腕の中からぴょんと飛び出した福は、尻尾《しっぽ》を揺らしながら、窓越しに店内を興味津々といった様子で覗《のぞ》きこむ。

しかしやはり、ガラスにその姿は映っていない。映っているのは店の中をこわごわ覗き見るプリン頭の少年だけだ。

店内では、老眼鏡をかけた総白髪のご婦人がひとり、レジの奥で椅子に座っていた。うたた寝をしているらしく、俯《うつむ》き気味の背が前後にゆらゆら揺れている。

「あのう……」

声をかけながら、おそるおそるドアを押し開ける。ドアベル代わりに括《くく》り付《つ》けられた鋳物《いもの》の風鈴が揺れて、リリン——と澄んだ音を立てた。

白髪のご婦人はびくっとして顔を上げる。

つられて縁まで戸口に立ったまま、肩を縮めた。

婦人は痛そうに腰をさすりながら立ち上がる。

「あいたた……いらっしゃいませ。何かお探しですか？」

「あっ、いえ。おれはお客さんじゃなくって、バイトの面接で」

「ああ。ここでちょっとお待ちください」

そう言い残してやはり腰をさすりながら、老婦人は壁伝いに暖簾《のれん》の奥へと消えていった。

智明が働いている場所は以前から知っていたが、実際に中に入ったのはこれが初めてだった。

隅に置かれた薪《まき》ストーブの小窓の中では、あかあかとした炎が揺れている。エアコンの乾いた温風とは違って、日向のようにやわらかい暖かさが室内を満たしていた。

これでは確かにじっとしていたら居眠りしてしまうだろう。

福はというと、興味深そうにうろうろと店内を見てまわっている。自分の仲間がたくさんいるから、気になるのかもしれない。

その毛並みのいい背中を眺めながら、縁も店内を見回す。

さきほどのご婦人を見送ったときに暖簾の隙間からちらりと見えたのだが、この町家という建物は奥行きがかなりありそうだ。おそらく工房もその先なのだろう。

ほどなくして、戻ってきた老婦人に、縁は奥へと通された。

町家の内部は、外から見ているときに想像したよりもずっと縦に細長い。表通りから見世《みせ》、常居《じょい》、台所、座敷と続く。さらに坪庭を挟んで土蔵が建てられていた。

製造した鉄器を売る店舗――見世のすぐ奥にある中の間《ま》である常居に、縁は案内された。今は従業員休憩室兼事務所になっているらしい。

奥からは金属を叩くような甲高《かんだか》い音や、硬いものにゴリゴリとヤスリを掛けるような音が響いてきている。

ここの工房は今の当主が空き家になっていた町家を買い取って、坪庭と土蔵を作業場に改修したのだそうだ。

盛岡町家には二階もあり、昔は店で雇われている者の部屋や臨時の客間、物置として使われていたが、今は当主一家の住まいとなっているらしい。

老婦人が出してくれた茶を遠慮がちにすする縁の隣で、福は出された南部せんべいを夢中で齧《かじ》っていた。甘いクッキー生地で焼かれたピーナッツ入りのこの菓子が、好みに合ったようだ。

縁たちがいる常居は、二階や天井が乗っておらず、屋根裏まで吹き抜けになっていた。部屋の奥、高い位置には紙垂《しで》の下がった神棚がある。神坐である神棚の上に乗ることのないようにと、盛岡町家の常居の上には二階は乗せず、必ずずらして造る決まりだ。その開放感のおかげか、町家特有の部屋の細長さもあまり気にならない。

やがて、奥の工房の方からパタパタと足音が複数、近づいてきた。

ハッとして縁は姿勢を正す。

見えていないのだからその必要はないはずなのだが、福までつられたようにぴっと背筋を伸ばした。

からりと滑るように引き戸が開いて、現れたのは二人の男女だった。

「ユカくん、久しぶり。……元気だった？」

智明は縁の顔を見て、ほっとした表情で言った。

くたびれた灰色のトレーナーにジーンズ、足元はスニーカー。埃《ほこり》で黒く汚れたエプロンに、ショートカットの頭には手ぬぐいを巻いたいでたちだ。

思わず縁は目を瞬《またた》いた。智明は普段、裾《すそ》の長いスカートやワンピースを着ていることが多い。仕事中の智明の姿を見たのは初めてだった。

そんな縁の視線に気づいたのか、智明はあわてたように自分の体を見下ろす。

「あっ、ごめんね。作業中だから、汚くって」

「ううん。そんなことないよ」

「おー、きみがちいちゃんの自慢の弟くんかあ」

智明の後ろに立っていた大柄な男性が、彼女の肩越しにぬっと首を伸ばす。

「もう。ふざけないでくださいよ、鬼柳《おにやなぎ》さん」

「はっはっは。いやあ、ちいちゃんに聞いたときから会うのが楽しみだったもんだから、ついね」

智明に叱られて豪快に笑う男性は三十代後半くらいだった。智明と同じようにタオルをぐるりと頭に巻いており、顎《あご》には無精ひげを生やしている。よく陽に焼けた顔にできた目尻の笑いじわが、性格をそのまま表しているようだった。

「こちらは鬼柳圭《けい》さん。この工房の当主の息子さんで、有名な南部鉄器の釜師《かまし》でもあるのよ。色んなコンクールで入選してるすごい人なの」

「おいおい、ちいちゃん。そんな持ち上げても何も出ないぜ」

「釜師？」

「おう。南部鉄器の職人は鋳物師とか釜師っていうのさ。もともと、茶の湯で使う茶釜から発展した産業だからな」

「は、はあ……」

南部鉄器の工房のアルバイトに来たくせに、南部鉄器について何も知らない自分に今更気づき、縁は密かに冷や汗をかいた。

「で、ユカくん、だったかな」

「はい。杉浦……えっと、清水《しみず》縁っていいます」

「いつから来れる？」

「あっ、いつでも大丈夫です」

「結構結構。じゃあ早速明日から来てくれ。履歴書は持ってきたかい？」

そこで縁はあっと思った。

面接だっていうのに、履歴書を持ってくることが完全に頭の中から抜け落ちていた。福を連れていくかどうかでバタバタしたせいもあるが、迂闊《うかつ》だった。これでは何しに来たのかわからない。

「すみません、忘れてしまったんですが、おれ、採用してもらえるってことですか？」

「あっはっは。ちいちゃんの紹介ならちゃんとした子だろうから、よっぽどじゃない限りって思ってたよ。よろしく頼むな」

鬼柳はまたしても豪快に笑うと、手を差し出す。

いかにも職人らしい、大きくて厚みのある手だった。

「はい。よろしくお願いします」

おずおずとその手を縁は取る。今しがたまで鉄器製作をしていたのか、熱いくらいに温かい手だった。

鬼柳は笑顔でぶんぶんと音がしそうなほど握り返してくる。

その勢いに翻弄《ほんろう》される縁を見て、智明と福が楽しそうに笑っていた。

2

来たときと同じように肴町の商店街を抜けて帰る道すがら、自転車の籠に前足をかけて、顔に風を受けながら、福はずっと楽しそうだった。ふんふんと鼻歌なんか歌っている。

「ご機嫌なのはいいけど、あんまり身を乗り出すなよ。落っこちても知らねえぞ」

「だいじょうぶだもーん」

小声でささやく縁に、すっかりご満悦の福はそう言って笑った。

が、急に何かに気づいたのか、黒い鼻をひくひく動かした。周囲を見回す。

「ん？　どうかしたか」

「いいにおーい」

「匂い？　ああ、これか」

アーケードの商店街の中には、醤油の焦げる香ばしい匂いが漂《ただよ》っていた。すぐ傍《そば》には、お好み焼きや今川焼きなどの軽食を売っているスタンドがある。縁はそっとスタンドを指差した。

「食べるか？」

福は目を輝かせて、首がもげそうなくらいに力いっぱい頷《うなず》く。

「うん！　ぼく、うす焼きがいい！　紅ショウガいっぱい入ったやつ！」

「じゃあちょっと買い食いしていくか。そこの公園で食おう」

「わーい！　買い食い！　買い食い！」

縁は自転車を停めてスタンドに寄り、うす焼きをふたつ買った。

うす焼きは盛岡独特のお好み焼きで、クレープ状に薄く焼いた生地に醤油を塗り、紅ショウガとかつおぶし、焼き海苔《のり》を散らして、ロール状に巻いたものだ。

買うと経木《きょうぎ》に包んで渡してくれる。お花見の時期に公園に登場する出店や、こうした街中のスタンドでよく見かける名物だ。

肴町のアーケード街の書店とパン屋、お茶屋の前を過ぎて突き当たりの写真館を左に折れると中《なか》の橋だ。

市の中心部を貫く中津川に架かる主な橋には、上の橋、中の橋、下《しも》の橋の三つがある。建造当初は全て木造だったが、幾度も水害で流されそのたびに再建されるうちに、今日でも木造の欄干が残っているのは上の橋と下の橋だけになった。

それらふたつの橋の欄干には、青銅製のたまねぎ形をした擬宝珠が被せてある。下の橋の擬宝珠は明治時代に洪水で中の橋が流されて大正元年に架け直されたときに、中の橋から移されてきたものなのだそうだ。

中の橋を渡りきると目の前には岩手公園が広がっている。かつてこの地を治めた南部《なんぶ》氏の居城の跡地に作られたこの公園は、今なお美しい石垣が残されており、盛岡市民の憩いの場となっている。

平日の夕方近くだったが、天気がいいためか、散策やボール遊びに興じる親子連れや、ベンチで読書をする人などでにぎわっていた。

中津川を望む川べりの一角にあるベンチの脇に、縁は自転車を停めた。福を籠から下ろしてやると、ぴょんとベンチに飛び乗る。

「ほれ、福のぶん」

「わーい、ありがとう」

経木に包まれたうす焼きを器用に前足で持って、福は大きな口を開けてかぶりつく。縁も同じように大きくほおばった。

「おいしーい！」

「うん、やっぱりうまいな」

　大阪風や広島風のお好み焼きもいいが、この素朴な盛岡の味が縁も好きだった。

「ごちそうさま」

　福はあっという間にたいらげて、満足そうに経木をたたむ。そんな福のもっふりとした前足の先を、ちょうど通りかかった幼稚園児くらいの男の子が立ち止まってじっと見た。

　縁の首筋を冷や汗が流れる。福の姿は普通の人間には見えない。きっとあの子には、経木だけがふわふわと浮いて見えているのだろう。

「さあて、そろそろ行くかあ」

　わざとひとりごとを言いながら、さっと福の前足から奪った経木をジーンズのポケットにねじこむ。

「どうしたの？　行くわよ」

　男の子の母親らしい女性が、道の先で呼びかけている。その声に男の子は母の元へと駆け寄っていき、縁はほっと胸を撫で下ろしたのだった。

縁たちがベンチから腰を上げた頃には、既に周囲は薄暗くなり始めていた。よく熟《う》れた柿のような色の夕陽が、濃い青に染まる山並みの向こうへ沈んでいくのが見える。

マヨイガまでの道は、狭い上に街灯が少ない。薄暗くて視界がきかない中で自転車に乗ったまま走っては、歩行者とぶつかったりしかねない。

縁は福を籠に入れたまま、自転車を押して川べりの道を行くことにした。

川べりの道沿いには、外壁に幾重にも蔦《つた》が絡《から》みついた古い喫茶店や、老舗《しにせ》の酒蔵の長い土塀などが続いている。

その土塀に沿って自転車を押していた縁が、柳の大木の下を通りかかったときだった。

上映が始まる寸前の映画館のように、さあっと辺りが暗くなる。

瞬《まばた》きするほどの間に、周囲は真夜中のような闇に包まれた。

陽が落ちたせいか、普段の春先の盛岡の寒さとはどこか異なる冷気が漂ってくる。

(こんな一気に暗くなることなんて、あるんだっけ……?)

思わず縁は自転車を押す手を止めた。

「ユカ……」

細く震えた声で、福が縁の名を呼ぶ。

「何、どうした?」

スタンドを立て、身を乗り出して前籠の中を覗きこむ。

福は目にいっぱい涙をためて、ぶるぶると震えていた。全身の毛が逆立っている。興奮しているのか、ふうふうと息も荒い。

「お、おい。どうしたんだよ、福」

「怖いよ、ユカ」

その声にも涙がにじんでいる。福がこれほど怯《おび》えた姿を見せるのは初めてだった。

「怖いって、何が——」

空気の流れが変わったことに、縁もこのときになって気がついた。

道の向こうから、誰かがこちらに向かってやって来るのが見えた。

縁は最初、黒い厚手のコートを着た恰幅のいい男性かと思った。

左右によろよろと大きく揺れているのは、宴会帰りか何かで酔っぱらっているのかもしれないのだと。

けれど、そうではなかったのだ。

じじじ……と街灯が鳴る。影が街灯の黄ばんだ光の輪の中を通ったとき、その姿が縁の目にもはっきりと映った。

それは、ぶよぶよに膨《ふく》らんだ得体のしれないものだった。

顔は見えない。いや、顔があるのかどうかもわからない。

ただ、淀《よど》んだ蜃気楼《しんきろう》のような体がそこにあるだけだ。

逃げないと——とにかくここから動かないと。もうひとりの自分が頭の中で焦《あせ》って叫ぶのに、足が動かない。

「動くな」

それは、風のような声だった。

土塀の上から、何かがするりと縁の背後に滑り降りてくる。

「体を動かすな。声も出すなよ。できるだけ、息も止めとけ」

「み——」

そう耳元で低く囁《ささや》かれて、縁は思わずその名を呼びそうになる。

けれど、ひやりと冷たい手に後ろから唇を覆われて、その声はのどの奥に消えた。

前籠の中で体を丸める福の背へ、宥《なだ》めるように蛟は空《あ》いた方の手を置く。

心臓の鼓動が、喧《やかま》しく響いていた。


ぐじゅっ、ぐじゅっ。

ぐじゅっ、ぐじゅっ。


それが近づいてくるたびに、その体の奥からくぐもった水音が響く。

顔が触れ合うほど近くで、蛟の翡翠色《ひすいいろ》の瞳に映った街灯の灯りが揺らめいていた。

闇に染まらないその色だけが、澄んで鮮やかに見えた。

瞬きもせずに、蛟は黒い影を鋭いまなざしで見据えている。


ぐじゅっ、ぐじゅっ。

ぐじゅっ、ぐじゅっ。


一歩ごとに、泥の上を歩いているような、濡れた重い足音が響く。

遠目に見たときは人とほぼ変わらない大きさに感じたのに、近づいてくるに従って、その体は道からはみ出してこぼれ落ちそうなほどに膨らんで見えた。

ついに黒い影は、縁たちのすぐ横まで来た。

さまざまなものが混じりあった、異様な臭いが鼻をつく。

雨に濡れた木の葉の臭い。

深い森の、湿った土の臭い。

乾きかけた潮だまりの臭い。

それから、饐《す》えた肉のような臭い。

恐怖でびくりと縮み上がる肩を、背中から回された蛟の腕が締め付けてくる。

腐って濁《にご》った黒い海月《くらげ》のように膨らんで揺れるその体の一部が、自転車のハンドルを握っていた縁のむき出しの手に触れた。

鋭い刃で切りつけられたような冷たさが、そこから侵入してくる。

その瞬間、縁の頭の中に荒々しく渦巻いた情景があった。

街を飲みこんだ黒い水。瓦礫《がれき》の山と化した故郷。

思い出の松原は跡形もなく消え去り、ただ一本の松だけが残されていた。

恐怖。後悔。悲しみ。怒り。

縁の中で感情の奔流が溢《あふ》れ出しそうになるたび、蛟は腕に力をこめた。

その縛《いまし》めがなかったら、おそらく縁は叫び出していただろう。

途方もなく長く感じられた時が過ぎ、影が見えなくなってから、ようやく蛟は腕を解いた。

「よく我慢したな。もういいぜ」

ほっとして息を吐《つ》いたときに縁は顎の違和感に気がついた。

無意識のうちに、奥歯をかなり強く噛《か》みしめていたらしい。

「……今の、何？」

顎をさすりながら尋ねる縁に、蛟はふんと鼻を鳴らした。

「別段珍しくもないやつさ。山や海にはよくいるぜ。こんな街中で見かけることは滅多にないがな。おおかた、どっからか流れてきたんだろ」

「ちょ、ちょっと待って。おれにもわかるように説明してくれよ」

「おまえはマヨイガに住んでるから、ああいうものと波長が合って、視《み》ちまいやすくなってる。ま、普段から気をつけることだな」

「はあ!?」

「うわーん、怖かったよーみーちゃーん！」

籠から飛び出してきた福が、蛟に飛びついていく。

蛟の作務衣にしがみつく福は、まるで木に止まった蟬《せみ》のようだ。

しゃくりあげる狸の背中をやさしくぽんぽんたたきながら、蛟はふっと笑うように息を漏らした。

その白い頰《ほお》に落ちる影の色で、周囲がいつの間にか夜の闇ではなく、さっきまでの穏やかな夕焼けの色を取り戻していることに、縁はようやく気がついた。

「この世界には、死が溢れてる」

「……死？」

「あいつらは生き物が死ぬときの強い感情の集合体なんだ。この辺の物《もの》の怪《け》たちは深泥《みぞろ》って呼んでる」

「みぞろ？」

「ああ。底なしの深い泥、って意味だ。やつらは大雨が降った後に、川の流れを遡《さかのぼ》って海からやって来たり、逆に泥に乗って上流から流れて来たりもするな。濃い霧が山や海にかかると、その霧に乗って現れたりするとも聞いたことがある」

「ど、どうして？　何のために？」

「さあな。でもたぶん、目的なんかねえよ」

蛟はおどけたように肩を竦《すく》めた。

「あいつらはマヨイガと一緒だ。気づいたらふらふらとその辺りを漂ってる。おれたちにはその目的もわからないし、飲まれたらどうなるかもわからない。見つけたら近寄らないのが一番だな」

「わからないって……」

「怪我や病気で弱った獣が、あいつに飲み込まれるのを何度か見たことがある」

「それって、あいつに食われちゃうってこと？」

「そこまではおれも知らねえな。ただ昔、ある山の主だった大熊があいつに飲まれたが、後になって戻ってきたことがある。だけどその時には頭がおかしくなってて、麓《ふもと》の郷《さと》をひとつ滅ぼしちまった。

　飲まれかけて命からがら逃げだした物の怪が、あいつの腹の中で死んだはずのやつに会ったって言ってたこともある。あいつの腹は幽世《かくりよ》に繋《つな》がってるって言うやつもいるくらいだしな。ま、いずれにしても迂闊に近寄らないのが吉だ」

その言葉に、胸の奥がざわめいた。息苦しい。

蛟を見つめたまま黙ってしまった縁に、蛟は不満そうな視線を向ける。

「何だよ。おれの言うことを疑ってんなら、じいじに聞いてみろよ」

「別に、疑ってるわけじゃないよ」

こほ、と縁は咳払いをした。

「そうだ、まだお礼を言ってなかった」

「何だよ突然。気持ちわりいな」

「だって本当だし。おれ、これからは言えるときにお礼を言っとこうと思ってさ。ありがとう。助かった」

「ふっ、ふん。このおれさまのありがたみがわかりゃいいんだ、わかりゃ」

福を抱いたまま、蛟はさっさと背を向けてしまう。雪駄《せった》のぺたぺたという音を響かせながら、足早に遠ざかっていく背中に、縁はくすっと笑った。

つっけんどんで高飛車な物言いをしても、素直な言葉にはどう対処したらいいかわからないらしい。ちょっとだけ蛟に勝ったような気分だった。

「待ってよー」

自転車のスタンドを外すと、縁はふたりの後を追う。

のどの奥に引っかかるような息苦しさは、まだ少しだけ残っていた。

3

「ヒマだねー、ユカ〜」

レジカウンターに前足を乗せて、福が呟《つぶや》く。

「そうだなあ。ふわ、ふわあああ」

福を膝の上に乗せて、先日まで白髪の老婦人が座っていた椅子に体を沈める縁は、さきほどから大あくびが止まらない。

どうもこの店の薪ストーブは、昼寝にちょうどいい暖かさでいけない。

しかも福がついていくと駄々をこねて仕方がなかったために連れてきたはいいものの、こうしていると、生きているカイロを抱いているようなもので、眠さ倍増だ。

予想通り、いや予想以上に不来方鋳房でのアルバイトは、店番といってもほとんどすることがなかった。

開店からこのかた、ふらっと入ってくる客はほとんどいない。観光客らしき数人がちらちらと窓越しに中を覗いていることはあったが、そこどまりだ。

聞くところによると、この店舗での売り上げより、海外輸出と首都圏のデパートやセレクトショップに卸している作品の売り上げの方が、工房の収入のほとんどを占めているらしかった。

「まあ、楽っちゃ楽でいいんだけど……ふわああ」

「ユカ、ちょっといいか？」

暖簾の向こうから、ひょいと不意打ちで顔を覗かせる者がいた。縁は「ぐっ」とおかしな声を上げてあくびを飲みこむ。

声の主は若当主、鬼柳だった。

「あっ、は、はい！　大丈夫です！」

「あっはっは。いやあ、せっかく来てもらったのに、何もすることなくって悪いねえ」

「いっ、いえ、すみません……」

大口を開けているところをばっちり見られてしまったため、顔が引きつる。

けれど当の鬼柳はそんなことは全然気にならない様子で、また笑い声を上げた。頭にきっちり巻いた手ぬぐいにも、目元の笑いじわにも細かい砂がついていた。

「店はちょっとくらい空けてたって大丈夫さ。それよりせっかくだから工房の中、見学してみないか？」

言いながら鬼柳は親指で工房の方を指し示す。

「あっ、は、はい。見てみたいです」

「わーい！　見たい見たい！　ぼくのお仲間ができるとこ！」

縁が腰を浮かすと、福がぴょんと床に飛び降りた。

鬼柳はレジカウンターの下の棚を何やらごそごそと探っていたかと思うと、『ご用の際はこちらを鳴らしてください』というプレートを引っ張り出してきた。それをレジ横の卓《たく》鈴《れい》の傍に立てる。

「ところでユカ、南部鉄器が作られるところを見るのは初めてかい？」

「はい」

「ちいちゃんに教えてもらったり、見せてもらったことはないのかい？」

「……ちい姉は家で仕事の話をするの、あんまり好きじゃないみたいなんで」

「ふうん」

鬼柳は斜め上を見ながら、無精ひげの生えた顎をざりざりと撫《な》でた。

「あのさ、本当はこういうの、こっそり聞かない方がいいのかもしれないけどさ」

「え？」

「ちいちゃん、釜師になるの、親御さんから反対されてるのかい？」

言葉に詰まった縁の顔を見て、その答えがわかったのだろう。鬼柳はため息を漏らして、手ぬぐい越しにぼりぼりと頭を掻いた。

「やっぱりな。そんな感じじゃないかと思ってたんだ」

「ちい姉が言ってたんですか？」

「いいや。ただ、休憩のときなんかに親御さんの話になると、態度っていうか、雰囲気が変わるからさ。前から気になってたんだ」

縁は小さく目を見開く。

家ではあまり感情を表に出さない上に言葉数も少ない智明だが、それでもこうしてちゃんと理解し、気遣ってくれる人がいるのだ。

そんな智明のことを少しだけ羨《うらや》ましく思うと同時に、家以外での彼女をほとんど知らない自分に、今さらながらに気づかされる。

「変なこと聞いちゃったな。ちいちゃんには内緒にしといてくれ」

鬼柳は、にかっと歯を見せて笑う。

縁もつられて笑った。

「はい」

「おし。じゃあついてきな」

「はーい！」

呼ばれてもいないのに元気よく返事をして、福は若当主の後について行こうとする。

「ちょっと待った」

小声で言いながら、縁はその胴体を両手でむんずと捕まえた。福は網にかかった魚のようにじたばたと暴れる。

「わっ、な、何だよう」

「おまえ、工房の中までついてきて、職人さんたちの邪魔するなよ」

「だーいじょーぶだもーん」

福は身をよじって縁の手の中から抜け出すと、さっさと工房の方へと消えてしまう。

「まったく、大丈夫かなあ」

ぶつぶつ呟きながら、縁もその後に続いたのだった。

*

工房の中は、埃っぽいような砂の匂いと、鉄の匂いが充満していた。

天井や壁に長い時間をかけて煤《すす》が付着した室内は薄暗く、複数の職人たちが忙しく動き回っている。

「来た来た。じゃあユカ、いい機会だからひととおり解説するな。まあ、ちょっと遅めの社会科見学みたいなもんだと思って聞いてくれ。途中、気になったら何でも質問していいぞ。そこの連中がちゃんと答えてくれるからな」

「おいおい鬼柳さん、おれたち任せかい」

作業中のベテラン職人たちが口々に笑う。この工房の職人たちは、この若当主と智明以外は皆、五十代から七十代の男性ばかりだった。

「南部鉄器の『南部』っていうのは、この盛岡に城を構えた南部藩から来てるってのは知ってるな」

「はい」

「南部藩が盛岡に築城したのは今から四百年くらい前のことだな。藩主の南部家は元々甲州の豪族だったんだけど、源頼朝が平泉の藤原氏を討伐したときに名を挙げて、その褒美としてこの辺りの土地をもらったのさ」

「おいおい、そこからやるのかあ」

いきなり歴史から始まった解説に、鉄瓶にヤスリがけをしていた白髪でごま塩ひげの職人がからかうように声をかける。

「当たり前ですよ。伝統産業に若者が興味を持ってくれるように導くのは大事なことですからね」

鬼柳は胸を張った。

「鋳物産業を発展させるため、藩主が甲州から鋳物職人を呼び、京からは御釜師《おかまし》を呼んで召し抱えた。今ではおれたち南部鉄器の職人も釜師って呼ばれるが、もともと御釜師ってのは、茶の湯で使う茶釜を作る職人のことだな。当時大流行していた茶の湯の影響で、茶釜は多くの需要があったのさ。茶釜を小さくして注ぎ口と鉉《つる》を付けて、庶民にも使いやすくしたのが鉄瓶ってわけ」

縁はヤスリがけをしている釜師の手元に目線を落とした。

言われてみれば、鉉――取っ手が付けられる前の鉄瓶はころんと丸く、小さな茶釜にも見える。

「盛岡近辺では砂鉄や漆《うるし》なんかも採《と》れたし、北上川《きたかみがわ》、中津川、雫石川《しずくいしがわ》の三つの川があるから水運も使えた。鋳型《いがた》に使う川砂や粘土にも事欠かなかったしで、鋳物はこの地に適した産業だったんだ」

「外国船を打ち払うための大砲の鋳造を、江戸幕府が盛岡の釜師に注文したこともあったらしいよ」

七輪《しちりん》のようなものと向かい合っていた職人が言う。

「へええ、すごいんですね」

言いながら縁は工房の中に視線を走らせる。

窓際の奥の席で、智明もまた、あの七輪のようなものに向かい合って黙々と作業していた。どうやら集中のあまり、こちらのにぎやかさは耳に入っていないらしい。

「どうした？」

「い、いいえ、別に」

縁の視線の先を追って、鬼柳は合点したように頷く。

「ああ、ちいちゃんか。ちいちゃんはすごいんだぞ」

「すごい？」

「ああ。あんなふうに一度スイッチが入ったら最後、昼飯を食うのも忘れてあそこから動かずに作業しているなんてことはざらだからな。ちいちゃんの作品、柔らかくて繊細なデザインがうけて、中国の方で大人気なんだぜ。作っても作っても注文に追いつかないくらいさ」

まるで自慢の箱入り娘の話でもしているように目尻を下げて、鬼柳は語る。

縁は智明の真剣な横顔に視線を戻した。

家にいるときの智明はどちらかというと、おっとりした雰囲気だった。だからときとして、少し頼りなく見えることもあった。けれど今、ここにいる智明は違う。伝統工芸という厳しい世界と真摯に向き合う、一人の誇り高い職人だった。

縁の目には、その姿がひどく眩《まぶ》しく映るのだった。

「鉄器を作るには、まず鋳型を作る。鋳型っていうのは、湯を流しこんで成型するためのものだよ」

「湯？　って、お湯ですか？」

縁が首を傾《かし》げると、鬼柳は苦笑した。

「いや、鉄器作りで湯っていうのは溶けた鉄のことさ。鋳型の基《もと》になるのはこの実型《さねがた》ってやつで、素焼きのレンガみたいなもんだな」

　言いながら鬼柳は、そこかしこに山と積まれた、あの七輪のようなものを手に取る。ほとんど力を入れずとも、きれいに上下に分かれた。

　すかさず駆け寄った福が、ふんふんと鼻先を動かしながら覗きこんでいる。

「実型はこんなふうに胴型と尻型に分かれてるのさ。こいつの中に、まず粗めの土を入れてしっかり押し固める。その上から、絹で濾《こ》した粘土を水で練ったものを塗っていくんだ」

　さきほど大砲の話をしていた職人が手元の鋳型を見せてくれる。内側の滑《なめ》らかな粘土には、細かな点々で文様《もんよう》が描かれていた。

「鋳型が乾燥しないうちにやるのが文様押しと肌打ち。鉄瓶の表面のことを鋳肌《いはだ》っていうんだけど、この肌をどんな表情にするかが鉄瓶の印象を決める。ここが釜師の腕と個性の見せ所だな。南部鉄瓶の一番メジャーな文様は、この霰《あられ》文様ってやつだ。見たことあるだろ？」

「はい」

「霰文様は、棒を使ってひとつひとつ規則正しく鋳型に凹《へこ》みを付けていくんだ。ぱっと見は単純な文様に見えると思うけど、手作業ですべてを規則正しく打っていかなきゃ駄目だし、上の方と下の方では点の大きさを微妙に変えるんだ。熟練の技ってやつだな」

鬼柳が肩をぽんと叩くと、霰文様を打っていた職人は、照れくさそうに笑った。その職人の膝の上に前足を掛けて、福が鋳型をしげしげと覗きこんでいる。

「こら福、邪魔すんなよ」

「ん？」

「あっ、いえ、何でもないです」

当然だが職人も鬼柳も気づいてはいない。あわてて取《と》り繕《つくろ》う縁のことなどどこ吹く風で、福は尻尾を揺らしながら楽しそうだ。

「こういう文様だけじゃなくって、植物や動物なんかを肌に描くやり方もあるけど、そこはもう本当に釜師それぞれだな。筆で砂を付けたり、デザインから型を起こして、型押ししたりな。今あっちでちいちゃんが取り組んでるのも、そういうやつさ」

見ると、智明はやはり無心に手を動かしている。

もしかして、隣で声をかけても気が付かないのではと思うほどの集中力だ。

「文様押しが終わったら、胴型に注ぎ口と鉉を付ける部分の型をはめこんで、中子《なかご》を入れる。中子っていうのは、鉄瓶を空洞にするためのものだ。鋳型と中子の隙間が、鉄瓶の厚みになるってわけだな。で、これを尻型と組み合わせたら、箍《たが》をはめて十分に乾燥させて、やっと鋳型作りが完了」

「ふわー！　すごいんだねえ！　ぼくもこんなふうにして生まれたのかなあ」

福の黒い目が輝いている。

「鋳型ができたら、鋳込みだな。昔はふいごを使って鉄を溶かしてたんだけど、今は電気炉を使うことが多い。コストがかかるから、鋳込みは毎日するもんじゃないんだけどな。たまたま今日は鋳込みの日なんだよ」

「わー、すごい！　あっつーい！」

「こら福、あんまり近づくと毛が焦《こ》げるぞ」

「大丈夫大丈夫ー！」

興奮した子犬よろしく、炉に突進しかねない福に縁は苦笑する。

「坩堝《るつぼ》からでかい柄杓《ひしゃく》状の湯汲みで溶けた鉄を汲みだして、型に流し込むんだ。そのときに湯の圧力で型が動かないように、こんなふうに型の左右に板を渡して人が乗っかって固定する」

「それ、ただの踏み台ってわけじゃなかったんですね」

「踏み台の役目もあるけどな。鉄器はじゃじゃ馬なんだよ。こうしないと暴れるのさ。やってくれ」

鬼柳の指示で、湯汲みを持っていた職人が頷いた。

坩堝から汲みだされた高温の鉄は、白く眩《まばゆ》く輝いている。とろりと鋳型に流し込まれると、線香花火のような火花が音を立てて激しく散った。

湯が注がれた鋳型は、ごおおと唸《うな》りながら、赤い炎を噴き上げる。鬼柳や職人たちの顔が、明るく照らし出された。まるで誕生の息吹のようだ。

先ほどまであんなにはしゃいでいた福はというと、言葉もなくしてぽかんと口を開け、炎を上げる鋳型に見入っている。

黒いぶち模様の奥の目が、炎を映してきらきら輝いていた。

「こっちに少し前に鋳込みをしたやつがある。いい感じに温度が冷えた頃合いで、型出しだ」

鬼柳が言うと、さっき湯汲みをしていた職人が、箍を外して胴型を抜いた。姿を現した生まれたての鉄瓶は、まだ真っ赤に染まっていた。中子からも炎が立ち上っている。

そこに、カーンと甲高い音がした。

赤く輝く鉄瓶に、職人がハンマーを振り下ろしている。

「あれ、何やってるんですか」

「ああやって叩いて、その音で厚さにムラがないかを確かめてるのさ」

そうしている間にも鉄瓶は温度が下がり、輝く赤から濃い灰色へと変化していった。

「完全に冷ましてから、金ヤスリで胴型と尻型の合わせ目からはみ出したバリを取る。表面に残っている土を金ブラシで払ったら、木炭で焼く」

「焼くんですか？　どうして？」

「金気《かなけ》止めっていってな、表面に酸化皮膜を作って錆止《さびど》めをするんだよ。そうしたら次はお化粧だ」

「お化粧？」

鬼柳が取り出して見せたのは、手のひらに載るようなミニサイズの座敷箒《ざしきぼうき》のような代物だった。

「コンロにかけて熱した鉄瓶の表面に、水草の茎を束ねたこのクゴ刷毛を使って、漆を塗っていくんだ。これも錆止めだな」

鬼柳が手にしているクゴ刷毛に、福が鼻をすり寄せる。

「あっ、こら」

「ん？　この刷毛か？」

「え？　あっ、いえ」

「ねえねえユカー。これ、すっごくいい匂いがするよ。干し草みたい」

「この刷毛は、近くの川岸に生えてる水草を自分たちで採ってきて作るんだよ。鋳型に使う川砂とこの草を採ってくるのは、昔から新人の職人の仕事だな。今だとちいちゃんがその係さ」

「へえ、そうなんですね」

そんなやり取りの間にも福はあちこち動き回るので、縁は気になって仕方がない。

「そこへさらに鉄漿《おはぐろ》を塗って乾かしたら、よく水気を切った布で丁寧に磨《みが》いて、できあがりだな」

「えっ、おはぐろ？　おはぐろって昔の女の人がしてたやつ？」

鬼柳がまだ言い終わらないうちに福が口をいーっと開けて歯を見せる。縁はわけがわからず首を傾げた。

「おはぐろ？」

「これだよ。試しに嗅《か》いでみるか？」

福に向かって呟いた言葉を、自分への質問だと受け取ったらしい。

鬼柳は黒ずんだ液体に漬けた刷毛を、縁に向けた。

言われるままに顔を近づけた縁は、「ぐっ」とのどを鳴らした後で激しく咳きこんだ。涙目になる。

「げほっ、げほ！　なっ、何ですかこれ、くっせええ！」

いたずらが成功した子どものように、鬼柳は笑った。

「鉄漿っていうのは、酢酸に鉄のかけらを入れて一年くらいほっといたやつさ。昔のご婦人たちは、これを歯に塗っていたらしいねえ。何でも虫歯予防の効果があるとか」

「昔の人って、すげえ……」

「ユカ助けて、鼻が痛いよー！」

縁の惨状を見ていたくせに、福も二の舞になって床をのたうちまわる。おかげでもうもうと砂埃が上がり、鬼柳たちまでくしゃみが止まらない。工房の中は大騒ぎだ。

「……みんな、何してるんですか？」

そんな様子を、智明はきょとんと見つめていた。

4

「おお、ユカの弁当、すげえな！」

工房の昼休み、常居で職人たちとともに弁当の包みを広げた縁に、鬼柳が驚いた声を上げた。つられて周囲の視線も縁の手元に集まる。

「おやほんとだ。豪勢だねえ」

縁は反応に困って「あ、いや」とか「いえ、別に」などとしどろもどろだ。それというのも、福がはりきって豪華二段重ねのお重に詰めたせいなのだ。

「おい福、何だって今日はこんなん作ったんだよ」

ちゃっかり縁の隣に陣取る福に、こそっと囁く。

「だって暇なんだもん。せめてお昼くらい豪華にしないと」

わかったようなわからないような理由だ。

「もったいぶってないで、早く中見せてみろよ」

縁がもたもたしている隙に、鬼柳がさっとお重の蓋《ふた》を取り去った。

「おおおー」

どよめきが上がる。

お重の中身は、まるでこれからお花見か観劇にでも行くかのような豪華さだった。一重めには、きれいに焼かれただし巻き卵と、ポテトサラダ。花の形の飾り切りの人参とれんこんが入った煮物の上には、色鮮やかな絹サヤが散らしてある。

おまけにこの辺りで煮物などにしてよく食べられる、棒状の麩《ふ》を油で香ばしく揚げた油《あぶら》麩《ふ》も入っていた。これが入っていると料理にこくと深みが出るのだ。

縁の大好物の鶏の唐揚げも入っている。二重目には太巻きといなりずしが整然と並べられていた。とても縁ひとりで食べきれる量ではないのは明らかだ。

智明も目を丸くしている。

「これ……ユカくんが作ったの？」

「えっ、まさか」

「わかった！　じゃあ彼女さんに作ってもらったんだろ？」

「ちっ、違いますっ！」

まさか狸の付喪神《つくもがみ》ですとは言えない。

当の本人――いや本狸は、さっきから縁の隣で、

「えへへへ、もっと褒めて褒めてー」

などと言いながら嬉しそうに体を左右に揺らしている。

「ユカも隅に置けないねえ。しがない独身のおじさんはうらやましいよ」

言葉とは裏腹に、鬼柳はによによと笑って楽しそうだ。

「よかったら皆さんもどうぞ。おれひとりじゃ食いきれませんし」

どうせそれが福の狙いなのだろう。テーブルの中央にずずずと重箱を押し出すと、あっという間に方々から箸が伸びてくる。

「この煮物、いい感じに味がしみてるねえ」

「おっ、飯がうまいねえ!」

「あー、その酢飯、竈《かまど》で炊いたやつみたいなんですよ」

「何だ何だ、兄ちゃんの彼女はじょしりょくが高いなあ」

(女子っていうか、狸なんですが)

こんな調子で賑《にぎ》やかな昼食の時間は過ぎていったのだった。

*

「あー、降ってきたなあ。どうりで冷えると思った」

閉店後、レジまわりの片づけをしていた縁の背中の方から鬼柳の声がする。ふりかえると確かに、ガラス窓越しに白いものがちらちらと見えた。

「外、霙《みぞれ》になってるぜ、ユカ」

「本当ですか。やだなあ」

「おまえんち、たしか上の橋の近くって言ってたよな。車で送ってやろうか？」

「えっ、だ、大丈夫ですよ。近いし」

「気にすんなって。暗いし、足元滑るぜ。転んだらどうすんだ」

「……ユカくん」

つん、とパーカーの裾《すそ》を引っぱられる。

いつの間にか、帰り支度を整えた智明が後ろに立っていた。

「おっ、ちいちゃんが送っていってくれるか」

智明はこくりと首を縦に振る。鬼柳は満足そうに頷いた。

「じゃあ、任せたぞ。ふたりともお疲れさま」


縁と福を乗せた智明の車は、夜の鉈屋町へと滑り出す。

昼間は水を汲みに来る地元の人々や観光客などでにぎわう名所の青龍水の井戸も、この時間帯はしんと静まりかえっていた。多くの清流や水源に恵まれた盛岡とその近郊には青龍が棲《す》んでいたとされる清水や池などの伝承が多いのだ。

（ちい姉の車に乗るの、久しぶりだな……）

女性の車だったらかわいらしいデザインの芳香剤やぬいぐるみのひとつやふたつ置いてあってもよさそうなものだが、いっそ潔《いさぎよ》いくらいに何もない。昔からだった。

この赤い軽自動車は就職してからしばらくして、智明が自分で働いたお金で買ったものだった。リビングから漏れ聞こえてくる清水家の面々の会話によれば、進路問題で溝が深まってからというもの、両親は智明に資金面での援助は一切していないらしい。

対して智明は給料から光熱費などをいくらか家に入れようとしているようだ。しかし母親が頑《がん》として受け取らないらしく、キッチンのテーブルの上に手紙とともに金の入っている封筒を智明が置いて行ったのを見たことがあった。

助手席でそんなことを思い出していたら、智明がぽつりと言った。

「……あのね」

「え？」

思わず運転席の智明を見る。智明はまっすぐに前を見たままだった。

ヒーターから風が吹き出す音だけが車内を支配していた。その温風が、膝に抱いた福の毛並みを揺らす。

「ううん、何でもない」

「何でもなくてもいいよ」

智明はちらっと縁を見て、また視線を前に戻した。

窓ガラスに張りついた大粒の雫が、くっつきあって次第に大きな塊《かたまり》になりながら、斜めに流れてゆく。

「あのね。あたし、ずっとユカくんに、謝りたいって思ってたんだ」

「えっ、おれに？」

予想外の言葉に、声が上ずった。智明は首を小さく縦に振る。

「ユカくん、震災でお母さんを亡くして、うちに来て……なのに、うちがあんなだから、すごく、嫌な思い……してるでしょ？」

福が心配そうに縁の顔を見上げてくる。そのふわふわの頭を縁は撫でた。

「別に、ちい姉が謝ることじゃないよ」

「でも……」

「だって、ちい姉は悪くないもん。おじさんやおばさんだって、別に悪気があったわけじゃないと思うし」

「でも、だから……ユカくん、ひとり暮らしすることにしたんでしょ？」

智明の声は震えていた。

違うんだ、そうじゃないよ——と嘘でも口にするのは、普通の人間だったらおそらくそれほど難しいことではなかっただろう。

しかし縁には、咄嗟《とっさ》にそれができなかった。

今回だけじゃない。いつもそうだった。

どう言えば相手の機嫌を損ねないのか。もっと別の言い方があるのではないか。そんなふうに縁が考えあぐねているうちに、いつも時間だけが過ぎてゆく。時間と一緒に、人々は縁を置いていく。

「ごめんね、変なこと、言って」

交差点に差し掛かり、車は赤信号で止まった。

進行方向には、赤煉瓦で作られた建物が見えている。岩手銀行の旧本店本館だ。同じ赤煉瓦造の建物として有名な東京駅の駅舎と同じ人物が設計したもので、明治の雰囲気を今に伝えている。

普段なら観光客も多く訪れる建物だが、さすがにこの天気では人影はない。晴れた日なら温かみのある色で街並みに映《は》える赤煉瓦は、霙に濡れ、黒く沈んでいた。

智明はぐすっと鼻を鳴らして、手の甲で顔を擦《こす》る。

「ごめんね。ユカくんを困らせたいわけじゃないの」

「おれ、ちい姉のことで困ったことなんかないよ」

今度は考えなくとも自然に言葉が出た。それは本当の気持ちだったから。

智明が目を見開いて、こちらを見ている。長いまつげに付着した小さな涙の滴《しずく》が、信号の赤い光をはらんで輝いていた。

「ありがとう」

そう言って智明は、ぎこちなく笑った。

信号が青に変わり、ふたりと一匹を乗せた車は走りだす。天気が崩れたせいか、道は混んでいた。普段ならば車で十分もあれば着く距離だが、信号のたびに引っかかって、のろのろとしか進まない。

上の橋が見えてきたとき、智明が言った。

「ユカくんち、どっち？」

「上の橋の手前で、右に折れて……でも道幅狭いから、橋のところでいいよ」

「でも、濡れちゃうから」

「平気だって。走ったら三分もかかんないし」

智明は車を橋の少し手前の路肩に寄せて停める。

縁が開けたドアの隙間から、福がするりと先に降りていった。

「ユカくん、傘」

折りたたみ傘を差し出す智明に、縁はひらひらと手を振る。

「へーきへーき。今日はありがと。ちい姉も気をつけてね」

智明はそれでもしばらく困ったような顔をしていたが、やがて諦めたように頷いた。

霙はいつの間にか雨に変わっていた。

縁はパーカーを頭から深く被り直し、マヨイガへ向かって福の後を追った。

5

「ユカ、今日はもう店はいいから、ちいちゃんにクゴ草刈りに連れてってもらいな」

「クゴ草?」

そろそろ昼の休憩を終えて店番に戻ろうとしていた縁を呼び止めたのは、鬼柳だった。

だが縁の顔に「クゴ草って、何だっけ?」と書かれていることに気づいたらしい。

「クゴ草っていうのは、鉄瓶に錆止めの漆や鉄漿を塗るときに使うクゴ刷毛の材料さ。工房で見ただろ?」

たしか工房を案内してもらったときに鬼柳さんに見せてもらったっけ。和室を掃除するホウキの小さいやつみたいなものだよな。

「クゴ草は川原とか田んぼの畔《あぜ》なんかに生えてる、ひょろっとして背の高い草だ。昔はクゴで雨具の蓑《みの》なんかを作ったらしいぜ。もしユカが釜師に興味を持ったら、真っ先にやることになる仕事だな。新人職人の通り道だ」

「えっ、おれ、別に職人なんて――」

鬼柳はニシシと笑う。

「遠慮はいらないぜ。おれはいつでも弟子入り歓迎だからな」

「はあ……」

「ま、何事も経験だよ。百聞は一見に如《し》かずっていうだろ？　鉄瓶についてお客さんに質問されたときのためにも、知ってて損はないぞ」

笑いながら背中をバンバンたたかれて、縁は軽くむせたのだった。


それから数分後、縁は智明の車に揺られていた。

目指す先は盛岡を貫いて流れる北上川《きたかみがわ》の河川敷だ。工房の若手の職人たちはそれぞれ、いくつかの刈り場を頭に入れていて、ストックしているクゴ草が足りなくなってくると、こうして刈りに行くのだそうだ。

助手席に身を沈めて、縁はため息をこぼす。

「おれ、職人の仕事って工房の中だけのもんだと思ってたよ」

ハンドルを握る智明は楽しそうにくすくす笑っている。

河川敷に車を停めて、ふたりは水草が茂る川べりへと下りていった。足元には水がたまっているから、長靴着用だ。

両手には軍手、口元には手ぬぐいを巻き、服の上から雨合羽を着込む。

かなりの重装備だが、クゴ草の生えている辺りは湿地のようになっているのに加えて、草の先端や切り口で怪我をしないために必要なのだ。

この日、福はマヨイガの貴重な保存食である漬物の仕込みをするとかで、縁にはついてきていなかった。もしここに福がいたなら、はしゃぎまわってさぞかし危なかったに違いない。

「こんな感じに、ざくっと根元から刈ればいいから」

軍手をはめた手で小麦色に枯れたクゴ草を鷲《わし》づかみにすると、稲刈りでもするように草刈り鎌でざっくりと刈り取る。そのままばらばらにならないよう、根元を同じ草で器用に縛り、束にしていく。

縁も見よう見まねでやってみた。

華奢《きゃしゃ》な智明がいとも簡単にやっているように見えたのだが、これが意外と力がいるのだ。鎌のギザギザの刃先が草に引っかかり、力まかせに引くだけではびくともしない。

「あ、あれっ?」

「鎌をなるべく草に垂直に当てて。一気に引くの」

言いながら、智明はどんどん進んでいく。束はあっという間に山積みになっていった。

これではいくら体験のために同行したとはいえ、役立たずすぎる。中腰で作業を続けているため、そのうちに腰まで痛くなってきた。情けないことこの上ない。

「いててて……」

背中をそらしながら拳で腰をとんとんと叩いて、縁は呻《うめ》く。

だいぶ春めいてきたとはいえ、空は厚い鼠色《ねずみいろ》の雲に覆われていて肌寒い。膝下まで水に浸《つ》かって作業をしていると、若い体にもなかなかに堪《こた》える。

数分前までは雲の切れ間からわずかに見えていた太陽も、すっかり隠れてしまったらしい。急に冷え込んできたような気がして、縁は身震いした。

中腰で作業を再開した縁の鼻先を、不意にふわりと覚えのある臭いがかすめる。

幾度か鼻を鳴らした縁は、その正体に気づいた瞬間、どきりとした。

漂ってきたのは、潮の臭いだった。

少し離れた場所でクゴ草を刈る智明の背中が見える。

彼女の背後で、何かが蠢《うごめ》いた。

泥のような影のようなその黒い物体は、ゆうらりと体を前後に揺らしながら水辺に立ち上がる。

膨らんだ水風船のような体からは、ぐじゅ、ぐじゅっと濁った水音が漏れた。

潮の臭いがひときわ強くなる。

「ちい姉！」

縁の絶叫に、智明は手を止めてふりむいた。

ごぷっ、と黒い泥は弾《はじ》けて、智明の上に雨のように降り注ぐ。

智明の体は、あっという間に泥の中に消えた。

「くそっ！」

粘《ねば》つく泥に足をとられながら、縁は智明が先ほどまでいた場所へと急いだ。

辺りは一面が淀んだ泥に覆われている。大きな泡が弾けるたびに、饐えた臭いが縁の鼻をついた。

いちかばちか、縁は泥の中に両手を突っ込んだ。手探りで智明の体を探る。

だが泥は、縁の腕をもじわじわと包みこんでくる。まるで触れたものは全て、食らいつくそうとしているかのようだ。

それは、海に棲む軟体動物が獲物を捕らえる様にも似ていた。

覆いかぶさってくる泥の重さと冷たさに、息が詰まる。

『あいつらは生き物が死ぬときの強い感情の集合体なんだ。この辺の物の怪たちは深泥って呼んでる』
蛟の言葉が耳の奥で響いた。
『あいつらはマヨイガと一緒だ。気づいたらふらふらとその辺りを漂ってる。おれたちにはその目的もわからないし、飲まれたらどうなるかもわからない』
その言葉の残響を聞きながら、縁の意識は暗闇に包まれていった。

「そこにいると寒いだろ。こっちに来いよ」

明るく、澄んだ声がした。

（……え？）

縁はおそるおそる瞼《まぶた》を開ける。

その途端、陽射しが目に飛びこんできて、まぶしさに目を細めた。

どこからか流れてくる暖かい風が、頬を撫でて過ぎ去っていく。

風は花の香りを運んできていた。

（花？　どうして……おれは、あの黒い泥に飲み込まれたはずなのに）

「おい、聞こえてんのか？」

「うわっ」

今度は間近から聞こえた声に驚いて、縁はのけぞった。

「何だよ、化け物でも見たみたいな顔しやがって」

声の主は不満そうに口を尖《とが》らせる。

縁の反応に焦《じ》れたのか、いつの間にかその子は縁の真正面に来ていた。

口調は少々乱暴だが髪が長いし、女の子だろうか。思わず見入ってしまうような端整な顔立ちをした子だった。

しなやかな黒髪は、肩の辺りで切りそろえられている。

歳は小学校の高学年くらいに見えた。

華奢な体に纏《まと》っているのは、若草色の着物。動きやすくするためか、裾は短く捲《まく》られていて、膝こぞうが丸見えになっていた。肌は積もったばかりの雪のように真っ白だ。

だが何よりも印象的だったのは、その瞳だった。

透き通った日の光の下で輝く、翡翠色の瞳。

いたずらな子猫のような、やや切れ上がった瞼の奥で輝くそれは、まるで一対の宝玉をそのままはめ込んだかのように美しかった。

「行こうぜ。あっちの方があったかいから」

女の子が指さす先を見て、縁は啞然とする。

二頭の龍が向かい合わせになった紋が刻まれた屋根つきの門。大人の腰ほどの高さの生《いけ》垣《がき》。その向こうに建っているのは、重厚な茅葺《かやぶ》き屋根の乗ったL字型の古民家だった。庭には赤や白、桃色と様々な色の花々が咲き乱れている。

（この家って……もしかして……）

「何だよ、さっきから。まさか目ぇ開けて寝てんじゃないだろな」

「いや、そういうわけじゃないんだけど……」

「めんどくせえなあ。いいから行こうって。おれが母さまに叱られちまうだろ」

女の子は縁の手を取り、引っ張っていこうとする。

その自分の手を見て、縁はぎくりとした。

女の子と自分の手の大きさが、ほぼ同じくらいなのだ。

「ひゃっ！」

ほぼ反射的に情けない声を上げて、手を振りほどいてしまう。勢い余って尻餅をついた。

「今度は何だよもう」

うんざりといった様子で女の子は顔をしかめる。

縁は座り込んだまま、何度も手を握ったり開いたりした挙句に、自分の顔や体をぺたぺた触る。体の大きさも明らかに縁が知っている自分のものではなかった。

手足は筋肉が少なくひょろひょろで、肩幅も狭い。

着ているものも、川原に来たときに身につけていた、雨合羽と軍手、手ぬぐい、長靴ではない。袖口がゴムになっている子ども用のジャンパーに、ジャージ素材のズボンだった。おまけにランドセルまで背負っている。

　あわてて背中から下ろして蓋を開ける。入っていたノートやペンケースには、「5年1組　杉浦縁」と太いマジックで書かれていた。へたくそな歪《ゆが》んだ字には、見覚えがある。自分の字だ。

　ランドセルの中身を漁《あさ》る際、視界に入った髪の色にハッとして、縁は前髪を摑《つか》むと引っ張った。ぶちっと音がして、数本が抜ける。

「ちょっ、何してんだよ」

　さすがに焦ったのか、女の子は縁の手首を摑んで止める。

「……黒い」

「あったりまえだろ、おまえの頭はおれと同じ、おはぐろ並みの真っ黒さ」

　女の子は呆《あき》れきったような口調で言う。抜けた髪の毛を握りしめたまま、縁は呆然とその翡翠色の瞳を見つめていた。

「母さま！　連れてきた！」

　茅葺き屋根の家の縁側に座り、針仕事をしていた着物姿の女性の前に縁は引き出された。

「あっ、え、えっと。お邪魔します」

　何が起こっているのかわからず、縁はしどろもどろになる。

女性は針仕事の手を止めて、縁の前に屈《かが》んだ。顔に垂れてきた長くつややかな黒髪を耳にかけて微笑《ほほえ》んだ際に、その美しい顔があらわになる。

「久しぶりね。ようこそマヨイガへ、ユカ」

縁はあんぐりと口を開けて、その場に固まった。

初めて会うはずのこの女性が、自分の名前を知っていたのはもちろん驚きだったが、それだけではない。微笑みを浮かべたその女性は、蛟と同じ顔と――同じ翡翠色の目をしていたのだ。


ごぷっ、と泥が弾ける音がする。

泥の中から強い力で引きずり出された。

冷えた空気が急に肺に流れ込んできて、激しくせきこむ。

饐えた臭いをまとってぬめる泥が、鼻や耳にまで入り込んでいて、ひどく不快だった。

顔にまとわりつく泥を手で幾度も拭《ぬぐ》って、やっと目も開くようになる。

「おまえ、よくよく水難に縁《えん》があるんだな」

どこか面白そうにも聞こえるその声の主は、美貌の青年だった。

だが、腿《もも》まで泥に浸かって縁を抱き起こしたせいで、作務衣も長い黒髪も泥まみれだ。

「みっ……蛟？」

「まったく、手間のかかる管理人見習いだぜ」

「ちい姉……そうだ蛟！　ちい姉は!?」

「それなら安心しろ。ほれ」

顎をしゃくって指す。

その示す先、河川敷に停めておいた車のすぐそばに、枯れ草をベッド代わりにして、彼女は横たえられていた。寄り添う福が、タオルで智明の顔の泥を拭き取ってやっている。

「ちい姉は、大丈夫なのか……？」

「ああ。深泥に捕まってたのはほんの一瞬だったからな。気を失ってるだけだ」

「そっか。よかった……」

ほっと力が抜けた。

助かったのだ。自分も、智明も。

だとすると、さっき見ていた懐かしい光景は、夢だったのだろうか。

夢にしてはやけに生々しくて、リアルだったけれど――

「ほら、行くぞ。いつまでもこんなところにいたんじゃ、体が冷えちまう」

蛟に肩を貸してもらいながら、泥をかき分けて岸へ這い上がる。

「そういえば蛟も福も、どうやってここがわかったんだ？」

当の蛟はきょとんとした顔で目を瞬《しばた》いた。

見開かれた翡翠色の瞳に、縁の顔が映っている。

「おまえ、まだ気づいてないのか？」

何に——と言いかけて、ようやく縁も気がついた。

車の背後、広い北上川の河川敷に、あたかも数百年も昔からそこに建っているかのように周囲の景色に溶けこんでいるのは、見覚えのある南部《なんぶ》曲《まが》り家《や》——マヨイガだった。

「マヨイガ……？」

「おまえ、よっぽどマヨイガに気に入られたのか。でなけりゃおまえが抱える迷いが相当厄介で、腕が鳴ってるかのどっちかだろうな。マヨイガのやつ、おまえが心配でならないらしい。まるでおふくろさんだぜ」

「そっか……そうだったんだ。マヨイガが、来てくれたんだ」

あらためてマヨイガをじっと見る。

もちろんマヨイガは何も言わない。見た目はただの古民家だ。

けれどなぜか、もうずっと前からここに住んでいるみたいな気がしてくるから不思議だ。

「じゃあマヨイガに、お礼を言っとかないとな」

「こら、実際におまえらを助けたのはこのおれなんだぜ。感謝する先を間違えんなよ」

軽口を叩きながら、先に岸へ上がった蛟が手を差し伸べてくる。縁は迷わずにその手を取って、岸辺に膝をかけた。

だが、縁を引き上げようと力がこもっていた蛟の腕に、びくりと緊張が走る。

「蛟……？」

どうしたの、と尋ねようとして口を開きかけた縁の体が、がくんと後ろに引っ張られる。

ふりかえった縁が見たのは、ごぽごぽと泡立つ泥の表面から伸びた、何本もの黒い手だった。

そのうちのひとつが、縁の長靴の足首にしがみついていた。

「う、わっ……」

あわてて長靴から足を引き抜く。

すかさず蛟が強い力で縁の体を引っ張り上げた。勢い余って、二人は重なるように地面に倒れ込む。

黒い手は片方の長靴を摑んだまま、泥の中にずぶずぶと沈んでゆく。

坊主頭のように盛り上がった泥の泡が、ごぷっ、ごぷっと弾けるたび、くぐもった声が聞こえてきた。

——どうして、おまえは生きているんだ。

——どうしてあたしは、死ななきゃならなかったの。

——苦しいよう。おうちに帰して。ママに会いたいよう。

——まだ生きていたかった。死にたくなかった。

——いやだ、助けて。怖い。

——置いてかないで。見捨てないで。


無秩序に重なり合う無数の人間の声がすべて、自分を責める怨嗟《えんさ》の叫びのように聞こえて、縁は震えた。誘うように手招く幾本もの黒い手が、枯れ草に覆われた岸や縁の足元を恨《うら》めしげに撫でる。

「しっかりしろ。こいつらの声に耳を傾けるな。これは現世に残った思念の塊《かたまり》なんだ。おまえを責めてるわけじゃねえ」

縁の下敷きになったまま、蛟が唸《うな》るように叫ぶ。

「でも……おれは……あのとき、母さんを見殺しにした……」

「このっ、大バカ！」

縁の胸ぐらを摑んで突き飛ばすように起き上がり、蛟は怒鳴った。

「おまえのおふくろさんは、おまえに向かってそんな恨み言を吐くようなやつなのかよ！」

虚《きょ》を衝《つ》かれて、縁は目を見開く。

泣きそうな顔で俯いて、子どものようにふるっと小さく首を横に振った。

それを見届けた蛟は満足そうに言った。

「だったら、おまえはこいつらの声は聞かなくていい。それに元々、こいつらの相手はどっちかというとおれの役目だからな」

「え？」

「まったく、マヨイガはひとづかいが荒いぜ」

とんとんと腰を叩いて「よっこいせ」と言いながら、立ち上がる。

作務衣も黒髪も縁と同じく泥にまみれていて、ひどい有様だ。

「ユカおまえ、そこから動くなよ。うっかり巻き込まれたりしたら面倒だからな」

言い残して、蛟は裸足《はだし》のままぺたぺたと水際へと近づいていく。

「せめてきれいな水で洗い流してやるから、ゆっくり眠っちまいな。そうしたら、次に目が覚めたときには、もう苦しくも痛くもない場所に着いてるさ」

年端《としは》もゆかぬ幼い子どもに語りかけるような口調で、蛟は泥から伸びる手の群れを見下ろしてやわらかく語りかけた。

だが菩薩《ぼさつ》のようなその表情とは対照的に、翡翠色の瞳が孕《はら》む光は、深い湖の水底のように、どこか暗く深い影を帯びていた。

黒い手たちは、蛟の脛《すね》に蔓《つる》のように巻き付き、腿《もも》から腰、肩へと這い上がっていく。

「みっ、蛟！」

縁はぎょっとして思わず叫んだ。

けれど蛟は表情ひとつ変えずに、させたいようにさせている。

縁が触れられたときには恐怖ばかりが先走っていた。けれどなされるがままの蛟を見ていると、あの手たちは救いを求めてすがりつく、幼子《おさなご》のもののようにも思えてくるのだった。

やがてどこからか、ごおお……と低い地鳴りのような音が響いてくる。

黒い手の群れは風に煽《あお》られる水草のようにざわめき、揺れた。

地面にへたりこんだままだった縁は最初、それを地震かと思った。

けれどそうではなかったのだ。

どん、とまるで鉄砲水のような勢いで現れた水の壁が、淀みに溜まる泥を掬《すく》い取《と》るように抉《えぐ》り、押し流す。蛟の体に絡みついていた黒い手をも引き剝《は》がし、彼方へとすべてを連れて去っていった。

それは瞬きするほどの間の出来事だった。

後に残されたのは、名残りのようなかすかな波紋《はもん》だけ。

水草や岸辺にこびりついた泥はまだ残ってはいたが、そこからはもうあの深泥と呼ばれる黒いものの気配を感じることはなかった。

「今の、何だったんだ？　ダムの放流？」

縁は呆気《あっけ》にとられていた。

「……もしかして、蛟がやったのか？」

ふう、と一息吐いて、こともなげに蛟は言う。

「まあな」

「えっ、マジ!?　マジで今の、蛟がやったの？」

「だから、そうだって言ってんだろうが。しつこいな」

「すげえ……蛟って、ホントに人間じゃなかったんだ」

「あのな。最初からおれらマヨイガの住人は全員物の怪だって言ってるだろ」

しとどに濡れた黒髪をかきあげながら蛟が呆れたように言ったとき、福の声が飛んできた。

「みーちゃーん！　ユカー！　お姉ちゃんが目を覚ましたよー！」

＊

「ちい姉、大丈夫？」

縁の呼びかけに、夢から覚めたばかりのような顔で智明は頷いた。

「ユカくん……」

「そうだよ、おれだよ。わかる？」

「あたし、確か、泥みたいなのに流されて……」

智明は横たわった体勢から首をわずかに持ち上げて、周囲を見回す。顔を覆った泥は福があらかた拭ってくれており、もつれた前髪の隙間から、古い傷痕《きずあと》がちらりと見えていた。

「……ここ、どこ？」

縁の背中を、たらりと冷や汗が流れた。

囲炉裏では、自在鉤にかかった鉄瓶が、注ぎ口からしゅんしゅんと湯気を吐きだしている。燻《いぶ》されて漆を塗ったように黒光りしている梁《はり》や高い天井を、智明は不思議そうに見上げた。

「えっと、お、おれのうちだよ」

「ユカくんの……おうち？」

「うん。泥に飲まれたちい姉を助けて、みず……じゃなくて、タクシーでうちまで運んだんだよ」

まだ智明がぼんやりしているのをいいことに、縁はここぞとばかりにまくしたてる。

「ユカ坊や、風呂が沸いたがなじょする？　深泥に触れたんだら、穢《けが》れを落とす薬草風呂に浸かった方が良《い》いがど思っで入れどいだべ」

定位置の籠の中のじいじが、いつもの調子で言った。

びくっとして縁は籠ごと背中に隠すが、智明はそんな縁を不思議そうに見ている。

「おい、おいユカ」

見れば柱の陰から、蛟がちょいちょいと縁に向かって手招いていた。福も一緒だ。

「ちょっとごめんね。ちい姉はこのまま寝てて」

じいじの籠を抱えたまま、縁はさかさかと台所へ滑りこんだ。

「マヨイガの中に連れてきたはいいけど、おまえ、この後どうするつもりなんだよ」

息をひそめてこそこそと蛟が囁く。

縁も同じようにこそこそと答えた。

「そんなこと言ったって。緊急事態だったから、後のことまで考えてないよ」

「ねえねえ、どうするどうする?」

「それに、ちい姉もあの状態だから、まだ帰すわけにはいかないし……」

「じゃあどうすんだよ。マヨイガの正体をばらして、ここに泊めるか?」

「えっ、お姉ちゃんもお泊まり?」

「福、おまえちょっと黙ってろ」

蛟は福をぬいぐるみのように腕の中に抱え込んで口をふさぐ。

「もが、もがー」

じたばたと暴れる福が可哀想な気もするが、縁は心の中でそっと蛟に拍手を送った。

「おれたちは別にどっちでもいいぜ。おまえ次第だ」

「おれ次第？」

「今のおまえは、マヨイガの管理人見習いでもあるし、客人みたいなもんでもあるからな。もしおまえがあいつに全てを話したいっていうならおれたちは止めない。おまえが望むならあいつに波長を合わせて姿が見えるようにもしてやれる」

「いいの？」

「ああ。ただし、そうなったらもう引き返せないぜ。別の世界について知ることは、その世界に足を踏み入れることでもある。つまりおまえが出くわす事態に、あいつも巻きこまれるってことだ。それでもあいつにわかってもらいたいのか、よく考えて決めろよ」

縁はじっと床に目を落として考えていた。

「なあ、蛟」

「あん？」

「全部話すか話さないかじゃなくってさ……その中間を選べたり、しないかな」

「わかんねえ、もっとはっきり言えよ」

「ここはあくまで普通の古民家シェアハウスだ、ってことにできないかな。たとえば蛟が家主でさ、おれはその知り合いで間借りさせてもらってるとか、そういうの」

「シェアハウスっていうのは、たくさんの人が共同で住んでる家のことだよ。だったらさ、マヨイガのことは全部話さなくても済むじゃん」

「しぇあはうす？」

「ふうん」

蛟はにやりと笑った。

「おまえにしちゃ、いい発想なんじゃねえの」

「じゃあ、それでいいかな」

「おう、いいぜ」

「わーい、決まりだね！　じゃあぼく、みーちゃんの弟になるー！」

「あっ、こら」

テンションが上がって蛟の腕をふりほどき、はしゃぐ福に縁と蛟は焦る。

案の定、隣の部屋から智明が身じろぎする気配がした。

「ユカくん？　もしかして誰かいるの？」

はああ、と縁は脱力する。

「ごめん、さっそく頼むよ。あっ、でも福はその格好のままでしゃべらない方が……」

「大丈夫！　ぼく、人間にも化けられるよ！」

常居まで聞こえてしまいそうな声で元気よく言って、福はくるんと宙返りをすると、人間の子どもの姿になった。

あたたかそうなセーターに半ズボン。茶色いふわふわとした癖っ毛の、小学校低学年くらいの男の子だ。

「お姉ちゃん！　お風呂沸いたから入ってー！」

福は土間の棚からきれいなタオルと浴衣《ゆかた》を取ると、常居に突進する。

「えっ？　で、でも……。ぼく、ここんちの子？」

「うん！　ユカもぜひそうしてって」

「気分はどうだ？　おれはここのしぇあはうすの家主だ」

「え？　シェアハウス？」

「う、うん。ちい姉にはまだ言ってなかったよね。おれ、ここでこの人たちと一緒に住んでるんだ」

「ユカから聞いたぜ。あんた、水草刈ってて深いところの泥にはまったんだって？　ショックで気を失ってたみたいだな」

「え、ええ……」

「風呂が沸いてるから、汚れ落としてあったまってきな。うちの弟が案内するぜ」

口調は多少ぞんざいだし、作務衣もびしょ濡れのままだが、一流旅館の仲居もかくや、と思われるほどの優雅な微笑みと身のこなしでもって、蛟は智明を煙《けむ》に巻いていく。

智明を案内して福が風呂場に消えてから、縁は再び大きなため息をついた。

蛟といい福といい、まったく見事な豹変ぶりだ。その一部でも最初に縁がマヨイガに来たときに発揮してくれていたらもうちょっと楽だったのだが……。

そんなふうに恨みがましい視線を送るが、当の蛟はどこ吹く風だ。

「まっ。こう見えてもおれはこの家で数百年も接客業をしてきたからな。このくらい朝飯前よ」

「ふーん……じゃあ蛟は当然、今の管理人のこと、知ってるよね」

「管理人？」

「そう、辞めたいって言ってるらしい、例の管理人のこと」

そのとき縁は気づいてしまった。

なぜか一瞬、蛟の目元が引きつったのを。

「だったら、どうしたってんだよ」

「別に。ただ、どんな人かなって思って」

「どんなって……おまえ、じいじに聞いてないのかよ」

「だっておれが来てからずっと、バタバタしてたしさ。何となく聞きそびれちゃって。ね、じいじ」

ずっと抱えたままだった籠の中のじいじに向かって言うと、当のじいじは「ふぉっふぉっ」と愉快そうに笑う。

「今の管理人のごどだったら、蛟が一番良く知っとるじゃ。後でまでいに（丁寧に）おしぇでもらえ」

「あっ、じいじちょっと、ずりぃ」

「ふぉっふぉっ。おめはんもまだまだだべなぁ」

じいじに先手を打たれて、蛟は焦った様子だったが、縁には何が何だかさっぱりだ。

「でもやっぱりさ、こういうところをちゃんと切り盛りしてるんだったら、普通の人間じゃないよね」

「まあ、普通の人間じゃあ……ないわな」

なぜか天井の方を見て、蛟はぽりぽりと頭を掻く。

「でも……その、なんだ。あんただって、まあまあ頑張ってるんじゃねえの」

縁は驚いた。

「もしかして、今、褒めた？　蛟がおれのこと、褒めたみたいに聞こえたけど」

蛟はしまったという顔で舌打ちする。

「最初の頃は、一日ももたずにすぐ尻尾巻いて逃げだすだろうな、って思ったけどな。なかなかどうして、もってる方だと思うぜ」

いまいちすっきりしない言い方ではあるけれども、あの蛟がこんな風に言ってくれるなど、縁からしたら大した進歩だ。

——みし、みしっ。

縁の心中に同意するようなタイミングで、家鳴りがする。縁と蛟は顔を見合わせた。

「お？　見ろよユカ。元の場所に戻ったみたいだぜ」

台所の窓から外を覗いた蛟が声を上げた。

「えっ、ほんと？」

そこに風呂場の引き戸がガラガラと開く音がする。

「ユカー、お姉ちゃん、上がったよー。次、入っておいでよー」

「お先に、ユカくん。いいお風呂だったよ」

「あっ、じゃ、じゃあおれ、次入ってくるね。ちい姉の接待、よろしく！」

「へいへい」

ひらひらと手を振ってさっさと行け、という蛟を背に、縁は五右衛門《ごえもん》風呂に飛びこんだ。

泥に浸かって冷えきっていたせいもあるだろうが、今日の風呂はひときわじんわりと体の芯まであたためてくれるような気がした。

第三話　鈴の音《ね》が届くまで

1

　その日の昼下がり、縁《ゆかり》はいつものように福《ふく》を膝の上に抱えて、レジ前の椅子でうとうとしていた。前の日に半日以上も川底を浚《さら》って川砂を採《と》っていた疲れが抜けていない体に、薪《まき》ストーブの暖かさはよく効いた。

　ゆらゆらと心地よく舟を漕《こ》いでいたとき、ドアに付けられた鋳物《いもの》の風鈴が、リリンと澄んだ音を響かせた。

「いっ、いらっしゃいませ！」

　縁はほとんど条件反射で勢いよく立ち上がる。弾《はず》みで寝ぼけ眼《まなこ》の福が膝からずり落ちたが、ふさふさと生えそろった冬毛がクッションになったようで、床に落ちたまままくうくう寝息を立て続けている。

　入ってきたのは、中年の男女の二人連れだった。

「あのう、ちょっとお聞きしたいんですが」

　そう切り出したのは、女性の方だった。柔らかい口調だが、滑舌がはっきりしていてよく通る声だ。

　きっちりとひっつめにされた髪は、生え際にだいぶ白いものが目立つが、ふっくらとした頬《ほお》や手指には張りがある。四十歳前半くらいに見えた。

　男性の方はというと、年齢は女性と同じくらいで、髪をさっぱりと短く刈っている。見た目より機能性重視という印象のややごわついたウインドブレーカーを着て、軍手をはめた手には段ボール箱を抱えていた。

「はい。何かお探しですか？」

「こちらに、鬼柳《おにやなぎ》さんという方がいらっしゃると思うんですが……」

「鬼柳さん？」

「はい。不躾《ぶしつけ》は承知の上ですが……鬼柳さんにご相談があるんです」


「あれっ、田鎖《たぐさり》さんじゃないですか」

　見世《みせ》の奥の常居《じょい》――従業員休憩室兼事務所に呼ばれてやって来た鬼柳は、頭から外した手ぬぐいで手を拭きながら言った。夫妻が深々と頭を下げる。

「どうも。お仕事中に突然すみません」

「ご無沙汰してます」

「いやいやこちらこそ。また近いうちにお店にも行きたいと思ってたんですよ」

「お店？」

茶を配っていた縁は首を傾《かし》げた。

いつもなら智明《ちあき》がお茶を淹《い》れることが多いのだが、最近縁は積極的にその役目を買ってでていた。最初の頃こそ茶葉の量の加減がわからず、濃すぎたり薄すぎたりしたが、もう慣れたものだ。

もっともここ数日、智明は関東での展示即売会スタッフとして出かけていて、工房を留守にしていたのだが。

「ああ、こちらは田鎖洋二《ようじ》さんと和美《かずみ》さんご夫妻。おふたりは八幡町《はちまんちょう》で『宮古《みやこ》大漁市場』という魚介中心の居酒屋をなさってるんだ。おれはこちらの常連でね。いやあ、ここの刺身は美味《うま》くってさ」

鬼柳の紹介に、縁の心の奥が小さくざわめく。

「宮古っていうと、もしかして……」

「ああ、うちは震災で店が流されちゃってねえ、宮古から家族で盛岡《もりおか》に引っ越してきたんだよ。うちの店ではあっちの知り合いから卸《おろ》してもらった魚を使ってるから、新鮮で美味いよ」

（やっぱり……この人たちも、おれと同じなんだ）

縁の胸の中に覚えのある痛みが湧き上がった。

同じ東北で、しかも同じ岩手県内といっても、夫妻の住んでいた宮古や縁が生まれ育った陸前高田《りくぜんたかた》など沿岸部の街と、ここ内陸の盛岡とでは、震災で受けた被害に雲泥の差がある。

だから盛岡に長い間住んでいると、津波に飲まれたふるさとの惨状を直接見てきた縁でも、ここが同じ岩手なのだと時々忘れてしまいそうになるくらいなのだ。

決して盛岡の人が被災者の痛みに共感できないというわけではない。

縁も今だったらわかる。

盛岡と沿岸部では状況が違いすぎたのだ。海から遠く離れた盛岡には、津波はもちろん届かなかったし、断水も停電もごく短い時間で復旧したのだった。

相手の立場になって考えましょうと言うのは容易《たやす》いが、それには限界がある。相手の立場を斟酌《しんしゃく》することはできるが、本当の意味で同じ立場で考えることはできない。

けれど、それは決して悪いことではない。それが普通だからだ。

しかし、子どもの頃の縁にはそんなことはわからなかった。おそらく、清水《しみず》家に引き取られることになった縁が転校した先の小学校の級友たちも同じだっただろう。

先生や周りの大人は「清水くんはおうちが大変な目に遭《あ》ったのですから、思いやりをもって接しましょう」と言い、子どもたちも縁は「かわいそうな子」なのだと思い、そのように扱おうとした。

けれど縁にとっては、そんなことはまっぴらごめんだったのだ。

あの不思議な茅葺《かやぶ》き屋根の家に迷いこんでいた縁は、大震災を体験していない。津波に飲まれてもいないし、必死で逃げ延びたわけでもない。ただ、いつもの家路のつもりで辿《たど》った松の小道の先に、瓦礫《がれき》の山と化したふるさとが横たわっているのを目《ま》の当たりにしただけだ。

まして、母と暮らした家こそ流されはしたが、母は見つかっていない。

それゆえに縁には、自分は震災で孤児になったのだという自覚が乏《とぼ》しかった。被災者として扱われることに激しい抵抗感があった。

おれはかわいそうな子じゃない。

だって母さんは死んでなんかいないんだから。

きっと何か理由があって帰って来られないだけなんだ。

だから、おれは新しい家も街も学校もいらない。

だっていつか母さんは帰ってくるし、そうしたら家なんかまた探せばいいいし、同じ学校にだって通える。また友だちにだって会える。

おれなんかよりずっと大変な目に遭った人は、たくさんいるんだし。

縁はかたくなに自分の殻《から》に閉じこもって過ごした。話し相手といえば、お守り袋の中のシーグラスだけだった。

けれど一月が経ち、一年が過ぎて、縁が小学校を卒業する日が来ても、母が戻ってくることはなかった。縁が自分の身に起きたことを受け止めるには、それからさらに数年を要したのだった。

そんな縁だから、小学校ではずっと孤立していた。「かわいそうに」「元気出してね」「頑張ってね」と言われるのが何より嫌いだった。

先生やクラスの子からそうしたいたわりの言葉をかけられるたびに、火が付いたように暴れて先生や清水家の両親を困らせることも少なくなかった。

中学生になっても高校生になっても、縁は殻に閉じこもったままだった。

その殻は日増しに強固になり、本当の自分はどこかで眠っていて、これはその自分が見ている夢ではないかと期待を込めて思うことすらもあった。もちろんその夢から覚める日が来ることはなかったのだが。

だから、こうして被災地から盛岡へ逃れてきた人に会うたびに、縁は言いようのない胸の痛みを覚えるのだった。

かつての自分を重ねているのかもしれないし、自分にはできなかった前向きな生き方を選択した人たちに、羨望《せんぼう》の思いを抱いているのかもしれない。それともその両方なのかも。

そうしたときには必ずといっていいほど鼻の奥がツンとしたから、もしかしたら泣きそうな顔をしていたかもしれない。

　鬼柳はそんな縁を、やさしさに困惑が少しだけ混じったような、複雑なまなざしで見つめていた。

「それで今日は、どうされました？　よくうちの場所がわかりましたね」

「以前、鉈屋町《なたやちょう》で南部《なんぶ》鉄器の工房をひらかれているとお聞きしたのを覚えていたので。本来は事前にお電話するべきでした。申し訳ないです」

「いえいえ、大丈夫ですよ。気になさらないでください」

「実は、鬼柳さんにこちらを見ていただきたかったのです」

　洋二が横に置いていた段ボールの蓋《ふた》を開けて見せた。

　鬼柳の後ろから、縁と福も覗《のぞ》きこむ。

　中に入っていたのは、ぱっと見たところ、鉄の塊《かたまり》のようだ。枯れ葉色の錆が、捲《めく》れ上がった鱗《うろこ》のように表面を覆っている。

　福はひくりと鼻を鳴らした。

「あれっ、この形って……」

「鉄瓶《てつびん》、ですかね」

　鬼柳の言葉に、洋二は頷《うなず》く。

「これはおふくろの形見なんです。うちのおふくろは、毎日親父と飲むお茶を淹れる湯を沸かすのに、南部鉄器の鉄瓶を使っていました。なんでも結婚祝いに盛岡の親戚からもらったものだそうで」

かつては鉄瓶だったものを、軍手を外した手で、洋二はそっといたわるように擦《さす》った。

「鈴蘭《すずらん》がいくつも浮き彫りになった、やさしい、きれいな雰囲気の鉄瓶でした。鉄だから冷たいはずなんですが、もともと真っ黒じゃなくて焦《こ》げ茶色だったせいでしょうかねえ。何かこう、あったかい感じがする鉄瓶でしたよ」

蓋もなくなり、鉉《つる》も錆びて欠けてしまっているが、かろうじて崩れずに形を保っている胴の部分に、可憐《かれん》な鈴蘭の花が描かれているのが縁の目にもわかった。

「おふくろは鈴《すず》って名前なんですが、親戚もこれをデパートで見つけて、おふくろにぴったりだと思ったんだそうです。おふくろもたいそう気に入って、そりゃあ大切に使っていましたよ」

「鉄瓶は鋳型《いがた》を外したら完成じゃありません。毎日使ってもらって、だんだんと出来上がっていくんです。同じ型から作った鉄瓶でも、使う人によって全く別ものになります」

箱の中身をじっと見つめていた鬼柳は、微笑《ほほえ》んで顔を上げる。

「この鉄瓶はさぞかしかわいがってもらっていたんでしょう。中を見ればわかります。おれにはこの鉄瓶が、笑っているように見えます」

洋二の目の表面に、薄い水の膜が張ったように縁には見えた。

ぐすりと鼻を鳴らし、手の甲で鼻の頭を乱暴に擦《こす》る。

「震災のとき、親父は膝の手術のために盛岡の病院に入院していました。おれたち夫婦は職場にいたんですが……あっ、職場っていうのは海から離れたスーパーなんです。結果的に、一人で留守番していたおふくろだけが、家ごと流されました。震災後、おふくろは見つかりましたが、この鉄瓶だけはどうしても見つからなくって……」

「本当はお義母《かあ》さんと一緒にこの鉄瓶もお墓に入れてあげたかったんですが、諦めていたんです。それが昨日、宮古で近所に住んでいた人から私の携帯に電話があって」

和美はハンカチを目元に押し当てる。

「その方はお義母さんのお茶飲み友だちなんです。ご主人を病気で亡くして以来一人暮らしをされていて、私のことも娘のようにかわいがってくださっていた方でした。家を流されてしまったので、今は隣町に住む息子さん夫婦のところにお世話になって、家の跡地に作った花壇の手入れのために、ときどき宮古へ行っているそうなんです」

夫妻は顔を見合わせて頷いた。

「これを見つけたのも花壇の手入れをしに来たときだったそうです。草取りをしていたとき、誰かに呼ばれたような気がして顔を上げたら、泥と砂の下からこれが顔を出しているのが見えたそうなんです」

「塩水を被《かぶ》って長い間埋《う》まっていたのでこんなになってしまっていますが、すぐに『ああ鈴さんのだ』、ってわかったそうです。それを聞いたらもうおれたち、いてもたってもいられずに宮古に駆けつけました。帰りの車の中でこの鉄瓶を撫《な》でながら思い出話をしているうちに、ふと鬼柳さんの話題になって」

「鉄器職人をされている鬼柳さんなら何とかしてくださるかもしれない、とにかくご相談だけでもしてみようってことになって、その足でここに」

「無茶を承知でお願いします。この鉄瓶、どうにか修復はできないでしょうか」

さすがの鬼柳もすぐには返事ができないようだった。

唇を引き結んだ険しい顔で、じっと箱の中に目を落としている。

きゅーん、と縁の横の福が悲しそうに鼻を鳴らした。

どうしたのかと思ってちらりと見ると、福は黒いビー玉のような目いっぱいに涙を溜めていた。

「どうしたんだよ」

ほとんど口を動かすだけの小声で囁《ささや》く。

「あの子、泣いてるよ」

「あの子？　あの鉄瓶のことか？」

福は涙をぽろぽろこぼしながら首を縦に振った。

「付喪神《つくもがみ》になるくらいに古くはなくともね、大切に使ってもらった道具には、小さな心が宿るんだ。あの子の心はまだ生きてる。生きて、泣いてるよ。おじいちゃんを悲しませてごめんねって言ってる」

「おじいちゃん?」

はずみでつい声が出た。

ハッとしたように田鎖夫妻が縁を見る。

「あっ、す、すみません」

しかし夫妻は縁の動揺には気づかなかったらしい。ぐすっとすすり上げると、洋二は続けた。

「そうなんです。実は親父が、震災以来すっかり気落ちしてしまって。口を開けば、早くばあさんが迎えに来ないかと言うばかりで。だからもしこの鉄瓶が使えるようになれば、ちょっとでも元気を取り戻してくれるかなと思ったんですが……」

だが鬼柳の表情は険しいままだ。

鉄は何度でも溶かして再利用できることは縁も知っていたが、いくら何でも七年もの間風雨に晒《さら》されて、かつての文様《もんよう》もほとんど消えるほどに錆びてしまっていては、修復は難しいのかもしれない。

洋二は深い皺《しわ》の刻まれた目元をふっとゆるめた。

「すみません。やっぱり無茶ですよね。これはおふくろの墓に入れてやることにします。

きっとおふくろも喜ぶと思いますので――」

「あ、あのっ！」

ほとんど勢いで上げた声に、一同が目を丸くして縁の顔を見る。

その視線にどぎまぎしながらも、縁は続けた。

「鬼柳さん……それ、ホントにどうやっても直らないんですか？」

「正直なところ、かなり難しいね」

鬼柳は段ボール箱に手を差し入れ、中身を慎重に持ち上げようとした。けれど腐食が激しい部位から、朽《く》ちた木の皮が剝《は》がれ落ちていくように、ぼろぼろと錆びたかけらが崩れていってしまう。

「塩水に浸《つ》かっていた上に、長い間風雨に晒されていたから、だいぶ傷みが進んでしまっている。仮にもう一度溶かして作り直そうにも、使えそうな部分がほとんど残っていないんだ」

「あの……ほとんどってことは、ちょっとはあるってことですよね」

「そうだな」

「残った部分で何かできないか、考えてみることも無理でしょうか」

縁の中で、錆びついたこの鉄瓶と、昔の自分とが重なり合っていた。

大切にしてくれた人と離れ離れになって、取り残された者同士、何かをしてあげたいと思ったのだ。

ほとんど思いつきのような言葉に、鬼柳は無精ひげに囲まれた口を開けて、ぽかんとした顔になる。

それを、呆《あき》れられているととらえた縁は慌《あわ》てた。

「あっ、すみません。おれ、勝手にこんなぺらぺらと」

「いや、そんなことはないよお兄さん。考えてくれて、ありがとう」

「ええ。もし姿が変わってしまっても、何か別のものに生まれ変わって、また傍《そば》にいてくれるようになったら、お義父《とう》さんも元気が出るんじゃないかなって」

夫妻の言葉に、鬼柳は口を引き結ぶ。

今度こそ叱られるのかと思って縁の心臓は縮みあがったが、意外にも次の瞬間に鬼柳は楽しそうに頰をゆるめた。

「よし、じゃあユカ、おまえがやってみるか？」

「え？　おれが？　ちい姉とかじゃなく？」

反射的に自分で自分の顔を指さしてしまう。

「当たり前だろ。ちいちゃんが帰ってくるまでは、まだ少しかかるからな」

「そ、そうですよね。でもおれ、ただの店番バイトで、別に職人ってわけじゃないんですが……」

「だから、このおれがマンツーマンで指導してやる。もっとも、おまえにその気があるなら、の話だがな」

鬼柳は嬉々として笑うが、縁の口元は引きつった。

ちらりと視線を福に向けると、福は黒い瞳をきらきらと輝かせている。

「よかったねユカ。若当主さん直々《じきじき》に教えてもらえるなんてすごいよ。頑張って！」

思ったことがつい口から零《こぼ》れてしまっただけで、まさかこんな事態になるとは。

縁の手のひらに粘《ねば》つく汗がじっとりとにじんでくる。

けれど種を蒔《ま》いたのは自分だ。この人たちと――小さな心を持ったぼろぼろの鉄瓶のために何かできないか、と思った気持ちに嘘はなかった。

縁は覚悟を決めた。

「はい。お願いします。鬼柳さん」

「任せとけ。おれはスパルタだからな。覚悟しろよ」

新しい弟子ができたのが嬉しいのか、田鎖夫妻の力になれる道を見つけたのが嬉しいのか、それとも単に縁をしごけるのが楽しみなのか。その腹の中はわからないが、鬼柳はそれまでに縁が見たこともないような良い顔で笑った。

田鎖夫妻もほっとした笑顔になる。

「こちらこそ、お願いするわね」

「よろしく頼むよ。楽しみにしているから」

「は、はい」

せっかくの決意が早速根幹からぐらぐら揺らぐのを感じながら、縁は曖昧な笑みを浮かべるのだった。

2

『再利用できそうな部分は少ないけど、小物を作るなら十分だ。どんなものでどんな形にするか、店に展示している作品を見て焦《あせ》らずゆっくり考えてみな』

鬼柳の言葉を思い返しながら、いつもの椅子で頬杖をつき、縁はため息をこぼした。

レジカウンター前には、商品の小物がずらりと並べられている。鍋敷きに箸置き、文鎮《ぶんちん》、卓鈴に風鈴、キャンドルスタンドなどなど。

いざこうして目の前に並べてみると種類も形も意外なほどに豊富だ。

「少ない材料で作れるものっていったら、こういう箸置きとかかなあ。あとこの黒い卵みたいなやつ、何なんだ？」

縁は鉄でできた鶏卵サイズの鋳物を指先でつついた。

縁の膝の上のお決まりの場所に陣取っていた福が、耳をぴくぴく動かす。

「ぼくそれ、知ってるよ。お正月の黒豆を煮る時に鍋に入れると、しわのないきれいな煮豆になるんだよ。ぼくがもらうんだったらこれがいいなあ」

　福のぬいぐるみのような体を抱きしめて、縁はゆうべの蛟《みずち》との会話を思い出していた。


「まいった。何にも浮かばない」

　自分の部屋として使っている奥座敷の万年床に転がって、縁は真っ白なノートを眺めていた。

　いきなりアイディアなんて浮かぶはずもなく、ノートは蛍光灯の光を反射して、眩《まぶ》しいくらいに真っ白だ。

　縁の横では、猫のように体を丸めた福がくうくうと寝息をたてている。

　枕元には、鬼柳から借りてきた書籍や工房で過去に作られた鉄器のデザイン帳などが、開かれたまま散乱していた。

「ちょっと休憩しよう」

　水でも飲もうかと台所に向かう途中で常居の前を通ると、ランプの光の輪の中に蛟がひとりで残っていた。

　夕食の後はふいっとどこかに姿を消してしまうか、常居の隅で福と一緒に丸くなって寝ていることが多いので、こうしているのは珍しい。自在鉤《じざいかぎ》に掛かった鉄鍋の中では、甘酒がふつふつとささやくような音を立てていた。

「いい感じに行き詰まってるみたいだな」

目線は手元に落としたままで蛟が呟《つぶや》くように言った。

工房での話は、夕食のときに蛟とじいじにも報告してあった。

「うん、ちょっとね」

「飲むか？」

縁が頷くと、蛟は長い手を伸ばして鍋の中身を取り分ける。ふわりとやさしく甘い香りが漂《ただよ》ってきた。

縁はそのまま炉端《ろばた》に腰を下ろす。

甘酒をちびちびと舐《な》めるようにしながら、縁はちらりと蛟の顔を覗き見た。もしかしたらこの美貌の物《もの》の怪《け》は、縁が息抜きにここを通るのを想定して、わざわざ甘酒を作って待っていてくれたのだろうか。

そう思ったら、なぜか胸の奥がじわりと痺《しび》れるように熱くなった。

「なかなか、これだってアイディアが浮かばなくってさ」

「難しく考えすぎなんじゃないのか？　そのうちに知恵熱出ちまうぜ」

「ホント、熱出そう」

「相手はおまえの提案に賛成してくれたんだろ？」

「そりゃ、そうなんだけど。まさかおれも自分で作ることになるなんて思ってなかったし。てっきり、ちい姉がやってくれるのかなって」

弱音を吐く縁を、蛟は目線だけを動かして見た。

揺れるランプの灯りが、白い頬に長い睫《まつげ》の影を落とす。

「でも、おまえが素人《しろうと》だって知っても、その人たちはお願いしますって言ったんだろ」

「うん」

「だったらいいじゃねえか」

「そう、なのかな」

「飯んときにおまえ言ってただろ。あの人たちのために何かしてあげたいって思ったたって。だから、どうしたらその人たちが喜ぶかだけ考えてりゃいいんじゃねえの」

縁は俯《うつむ》いて、手の中の湯飲みを見つめた。

蛟は、蓋と本体に分けて炉端で乾かしていた福の鉄瓶の中を覗く。

夕食の後にこの鉄瓶で沸かした湯で茶を飲むのが、マヨイガの住民たちの慣例だった。

その後で、鉄瓶を錆びさせないように中を乾燥させておいたのだ。

蛟は鉄瓶内部の水気が完全に飛んでいることを確かめて、蓋を閉める。

その際に、チンと小気味よい金属音がした。

その光景を思い出しながら、店のドアに結ばれたドアベル代わりの林檎の形の風鈴を眺めていた縁の頭に、ふと閃《ひらめ》いたイメージがあった。


「ふうん、鈴蘭の形の風鈴ね」

無精ひげを撫でながら縁の描いたデザインを眺めて、鬼柳は興味深そうに肯《うなず》いた。

「はい。ゆうべ鉄瓶の蓋を閉めたときの音を聞いていて、風鈴みたいな音だな、って思ったんです」

「なるほど」

「それと、田鎖さんたちが、亡くなったおばあさんが、鉄瓶の鈴蘭を気に入っていたと言っていたことも思い出したんです。だから、残った部材で鈴蘭の形の風鈴を作ったらどうかなって。そうしたら、いつも身近に置いて眺めていられるし」

「よし。じゃあこれでいこう」

「えっ」

鬼柳が片方の口角を引き上げてにやっと笑ったので、縁は面食らう。

「これでいいんですか？」

「おうともよ。何だ、何か不満か？」

「あっいえ、そういうわけじゃないんですが」

「おれはいいアイディアだと思うぜ。おまえに任せてみて正解だったと思う。まあ、本当の正解がわかるのはお客さんに渡したときだけどな」

「はい」

「よし、じゃあ早速作るぞ。善は急げだ。お客さんも待ってるしな」

「はい！」

力強く頷いた縁に満足そうに笑って、鬼柳は縁のプリン頭をぐりぐりと撫でた。

＊

「まずは鋳型を作るぞ」

縁はごくりと唾を飲み込んだ。工房内でもくもくと作業をする職人たちを不安そうに見回す。果たして自分にあんな繊細な作業ができるのだろうか。

「鋳型ってやっぱり、みんなみたいに土と砂で作るんですか？」

「うん？　ああ、それもありなんだけど、おまえは初心者だからな。砂を使った方法じゃなくて、鋳物体験教室なんかでもやる、フルモールド鋳造って方法でやってみようかと思ってる」

「フル、モールド？」

「ちょっと待ってな。前に小学生向けの体験教室で使った残りが、たしかこの辺にあったはずだから」

言いながら、鬼柳は工房の隅にうずたかく積まれた段ボールに手をかけた。煤《すす》と砂埃《すなぼこり》で汚れたその山がぐらりと傾《かたむ》く。

「あっ」

「うわっ」

縁が声を上げたのとほぼ同時に、薄汚れた段ボールの津波が鬼柳に襲いかかる。

騒ぎに驚いてふりむいた職人たちが見たのは、砂埃で真っ黒に汚れてくしゃみを連発する鬼柳と縁だった。

もちろん皆には見えていないが、足下にいた福も巻き添えになり、せっかくの豊かな毛並みが灰色に染まっている。

「これこれ。これを使うのさ」

涙目になって咳《せ》き込《こ》みながら、崩れた箱の一つから鬼柳が引っ張り出してきたのは何やら白い塊だった。よく見ると、家電を買ったときに段ボールに入っている梱包材のようにも見える。

「これ、発泡スチロールですか？」

「そう。普通の発泡スチロールだよ。これをカッターで削って好きな形を作るんだ。それを砂に埋めて鋳型を作る。これがフルモールド鋳造だ」

「それだけで鋳型になるんですか？」

「それがなるんだよなあ。材料はこのとおり、たくさんあるから自由にやってみな。おれの作業机もカッターもサンドペーパーも、そこにあるやつ適当に使っていいから。おれ、ちょっと上でシャワー浴びてくるわ」

鬼柳はこの工房がある町家《まちや》の二階に住んでいるのだ。

「あっ、はい。わかりました」

「おまえも来るか？」

頭の手ぬぐいを外しながら、鬼柳は楽しそうに笑う。

「いっ、いえ、おれは大丈夫です」

ひらひらと手を振りながら去る鬼柳の背中を見送って、縁は作業を開始した。

週に何度かの鋳込《いこ》み作業は、今日はない。もくもくと鋳型に向き合う釜師《かまし》たちの工房は、ため息をつく音さえ響くようだ。

そんな中で、キイキイとカッターの刃を鳴らす耳障《みみざわ》りな音は、かなり響いて聞こえる。

最初のうちこそ、他の職人たちの邪魔をしてしまうのではと気を遣《つか》っていた縁だったが、すぐにそれは杞憂《きゆう》だと知れた。

皆集中して、周囲の雑音など耳に入っていないようだ。

ほっとしつつ再びカッターを手にとった縁も、すぐに手元の作業に没頭し、周りの音が遠ざかっていった。


「どうだ。満足いきそうなやつはできたか？」

発泡スチロールの削りかすまみれになって夢中で手を動かしていた縁は、鬼柳に肩を叩かれて我に返った。既に太陽は大きく西に傾いていた。熟した柿の色をした光が工房の中まで深く入り込んでいる。

福は最初のうちは縁の作業を邪魔しないようにと、少し離れたところから観察したり、工房内をうろうろ歩き回ったりしていたが、気づいたときには縁の足元の作業机の下に潜《もぐ》りこんで、体を丸めて寝息を立てていた。

「それが、なかなか難しくって」

小さく笑って縁は頭を掻《か》いた。静電気で、プリン頭にも雪のように削りかすがついている。縁の傍《かたわ》らには、失敗作がいくつも転がっていた。

「これ、どうですか」

縁が手渡したものを鬼柳はしげしげと眺める。

「おまえはどう思う？」

「……正直なところ、いまいちです。何か鈴蘭っぽくない、っていうか」

「そうか。じゃあまだまだだな。今日はこのくらいにして、また明日がんばれ。明日は朝からおれの席で作業していていいから」

「はい」

鬼柳にぽんぽんと肩を叩かれ、うなだれて帰った縁だったが、翌朝出勤してきて驚いた。そこには鉢植えの鈴蘭が置いてあったのだ。

「あっ、あの、鬼柳さん、これ」

「ん？　ああそれか。参考になるものがあった方がいいだろ」

目の前の作業で頭がいっぱいだったから、こんな単純なことに言われてみるまで気づかなかった。

「ありがとうございます。……助かります」

「いいってことよ」

照れたように笑う鬼柳に、縁は深く感謝していた。

田鎖さんのために頑張りたい、それだけだった心に、喜んでもらいたい人の顔がひとつ増えた。鬼柳に褒められるたび、嬉しそうな顔で笑う智明の様子が思い出される。

その理由が少しだけわかったような気がする縁だった。

「今度は、どうですか」

縁が丸一日を費やして作った型を、鬼柳は手にとってじっと眺めた。

また目線だけを動かして、試すように尋ねてくる。

「前と同じことを聞くが、おまえはどう思う？」

「鬼柳さんが用意してくれた鈴蘭と、田鎖さんの鉄瓶に描かれた鈴蘭の両方を観察しながら作りました。きっと、喜んでもらえると思います」

「そうだな」

「ホントですか!?」

「工芸品のコンクールに出したら入賞できるようなカッコいいやつかっていうと、ちょっと違うがな。ユカが作りたいのはそういうやつじゃないだろ？」

縁は強く頷いた。

「はい。おじいさんが喜んでくれるようなものが作りたいです」

「よし。ちなみに今回、素材に使うのは田鎖さんの鉄瓶だけど、参考に見せておいてやる。これが鋳物用の銑鉄《せんてつ》な。鋳物専用の鉄素材さ」

鬼柳が巨大な紙袋から取り出して見せたのは、スマートホンくらいの大きさの金属の塊だった。鈍い銀色の光沢をまとっている。

「鋳物用の鉄ってあるんですか？」

「おう。銑《ずく》とも銑鉄《ちゅうてつ》ともいうがな。炭素を多めに含んだ鉄のことだ。炭素含有量の多い鉄は、湯が鋳型に注入されて冷え始めると黒鉛《こくえん》ができる。黒鉛のおかげで、鋳物は冷えても縮まずに型どおりにできあがるのさ」

「黒鉛って、あれですか。鉛筆の芯とかの？」

「そうそう。それと鋳物の強さは、黒鉛の粒の大きさと均一さで決まる。粒が小さくて均一に分布しているほどに強くなるんだ。ま、黒鉛はハンバーグ作るときのつなぎみたいなもんさ。パン粉入れてよくこねたら焼くときにもまとまるだろ」

　鬼柳さんってハンバーグ好きなんだろうか。

　でもハンバーグは確か焼くと縮むんじゃなかったっけなどと思いつつ、口には出さずに縁は頷く。

「黒鉛の粒は、銑に含まれる炭素が少なく、早く冷えるほど小さくなる。だから薄い鋳物を作るときは、意図的に炭素の量が少なくなるよう金属を調合するんだ。そのあたりの調合も釜師の腕のみせどころだな」

　言いながら銑鉄を袋に戻した鬼柳は、今度は縁が使ったまま鬼柳の作業机の上に散乱していた発泡スチロールの断片を弄《いじ》り始めた。

形も大きさもばらばらなそれらを手にとっては戻しを繰り返す。なにやら品定めをしているようだ。

「それ、何してるんですか」

「湯道《ゆみち》を作ろうと思ってな。手ごろなやつを探してる」

「湯道？」

「湯道ってのはそのまんま、溶けた鉄——つまり湯の通り道だ。よし、このへんでいいか」

鬼柳が選んだのは五、六センチくらいの円筒形のかけらだった。

その一方に接着剤を塗って、縁が作った鈴蘭の型の根元に貼り付ける。そうすると鈴蘭というよりチューリップの切花のようだ。

「これが？　どうやって？」

どう見てもここを溶けた金属が通るようには見えない。

「まあまあ、いいから見てなって」

鬼柳は陶器の小皿に黒鉛の粉を入れて水を注ぎ、それを鋳型に文様をつけるのに使う絵筆で掻きまわす。そうしてできた真っ黒な液体を小皿ごと縁に差し出した。

「そいつを白いところがなくなるように、こいつにまんべんなく塗りな。終わったらそこに転がってるドライヤーの冷風で乾かしとけ」

「これ、何のためにやるんですか？」

「湯が固まったときに、鋳型とくっつかないようにするためさ」

縁がもくもくと机に向かって作業している間、鬼柳はどこかに姿を消していた。没頭していた縁の鼻先を、しばらくして不意にふわりと煙草《たばこ》の匂いが掠《かす》める。嗅《か》ぎ慣れた鬼柳の煙草の銘柄の匂いだった。

鬼柳さん、外で一息入れていたのかな。

そう思いながら顔を上げた縁が見たのは、空《から》の一斗缶《いっとかん》を手にした鬼柳だった。もう片方の手には、ふだん鋳型にも使う川砂が山盛りに入ったバケツを提《さ》げている。砂にはガーデニングで使うようなカラフルなショベルが刺さっていた。

鬼柳は一斗缶を床に置いて屈《かが》み、ショベルで川砂を静かに缶に入れていった。少し注いでは缶の外から静かにトントンと叩き、砂が締まったらまた注ぐのを繰り返す。そうして缶の半分ほどが埋まると、椅子に座ったままで鬼柳の手元を見下ろしていた縁に目線を向けた。

「それ、この上に置きな。煙突みたいなのが上に来るようにな」

縁が従うと、今度は型が半分程度隠れるまで砂を入れては慎重に缶を叩き、砂を締める作業を鬼柳はまた繰り返した。

やがて筒の先端部分を少し砂の外に出しただけで、一斗缶は完全に川砂で埋まる。そこをサンドペーパーで軽く擦り、てっぺんだけ白い肌を露出させた。

「鉄瓶を作るのは、鋳型にできた隙間に湯を流し込んで固める方法だけど、こっちの方法は型を抜かずに、サンドペーパーをかけたこの湯口から、そのまま湯を流し込むんだ。高温の湯で発泡スチロールは一瞬で燃えて気化して消える。その隙間に湯が入り込んで置換され、鋳物が出来るってわけさ」

「へぇえー、すげえ。化学の実験みたい」

「だろ？　初めて自分が作った鋳物とご対面すると、ちょっと感動するぜ」

縁と鬼柳たちが一斗缶の鋳型を作る作業をしている間に、別の職人が湯の準備をしてくれていた。田鎖家の鉄瓶から錆が激しい部分を取り除いて、残りの部分を電気炉にかけて溶かしてくれていたのだ。

それを鬼柳が慎重に湯汲《ゆく》みに移す。もともとの素材が少ないのだから、無駄にはできない。

縁は息を飲んで、鬼柳の手元を見つめた。

鬼柳の手で灼熱の湯が静かに湯口へ流し込まれると、ぱっと火花が散って、発泡スチロールが燃える匂いが立ち上った。

しばらく経ち、鉄がやや冷えた頃合いを見計らって、鬼柳は一斗缶をそっと床の上に傾ける。砂が零れて、赤く輝く鋳物が姿を現した。

出来たての鋳物は外の空気に触れるとあっと言う間に冷えて、外側から中心に向かって鈍《にぶ》い銀色に変わってゆく。その鮮やかで美しい変化は、まるで鉄が生きて呼吸をしているように縁には見えた。

さっきまで錆に全身を包まれて、朽ちて自然に帰るのを待っていたように見えた鉄瓶だったのに、溶かされて鋳型に流し込まれこうして新たな形を得ると、まさに生まれ変わったように見える。生き生きと躍動している心臓の鼓動を見るようだ。

おそるおそる手を近づけた縁にぎくりとした顔で、鬼柳が鋭く声を上げる。

「こら、まだ触っちゃ駄目だ。火傷《やけど》するぞ」

縁はその言葉よりも前に、鋳物が発している熱気に驚いて、あわてて手を引っ込めた。それまで冷たく固まっていた物言わぬ軀《からだ》が息を吹き返したようだった。

「どうした？　火傷したか？」

屈みこんだまま鋳物を見つめる縁の肩に、鬼柳がそっと手を置いた。

「いえ、ただ……何か、すげえなって思って」

新しい命を得た鉄器を感嘆の思いで見つめる縁に、鬼柳はわが子を見るような笑顔で頷いていた。

「あとは湯道を切って全体的に磨《みが》きをかけたら、錆止めをして出来上がりだな。ユカ、色はどうする？」

「えっ、色ですか？」

「ああ。南部鉄器は錆止めを兼ねて漆《うるし》と鉄漿《おはぐろ》を塗る。前に教えただろ。でもそれだと黒か茶の二色しかない。ただ、最近は鉄瓶以外のティーポットや小物だと白とかピンクなんかのカラーペンキを塗る方法も流行《はや》ってるから、どっちがいいかと思ってな」

縁は足元の段ボール箱の中身を見下ろした。

塩水に浸かり腐食が激しいため再利用できなかった部分が削られ、入れられている。これは箱ごと田鎖夫妻に返却する予定になっていたが、元の鉄瓶の色だった茶の色がまだかすかに判別できた。

「……おれは、茶色にしたいです」

「茶色？」

意外そうに鬼柳は小さく目を見開いた。

「鈴蘭の風鈴っていうから、おれはてっきり白いペンキにするかと思ってたぜ」

「それもいいかなって思ったんですけど、もとの色の方が、おじいさんには喜んでもらえるかな、って思って」

「そうか。……そうだな」

だんだんと輝きを強めていく生まれたての鉄器を、ふたりは長い間見つめていた。

「鬼柳さん、おれ……これ、早く田鎖さんに届けたいです」

縁は出来上がった風鈴を大切そうに手のひらに包んで言った。

3

鋳込みの翌日、鬼柳の指導の下で縁は湯道となった部分を切り離し、金ヤスリで表面を仕上げた。

再度高温に熱し、漆と鉄漿をクゴ刷毛《はけ》で塗り、錆止めをする。

鉄漿の成分は昨日相談したとおり、茶色になるように調整してもらったものを使った。

吊り下げるための穴を開け、糸と短冊《たんざく》をつけて完成だ。

ベテランの職人が作ったわけではないから、ぽってりと厚みがある縁の風鈴の音色は、店にある売り物のような澄んだ高い音ではなかったが、逆にそれが素朴でいいと鬼柳は言った。

「おう。じゃあちょっと連絡入れてみるか」

言いながら鬼柳はジーンズのポケットからスマートホンを取り出した。

「田鎖さん、午後ならいつでも大丈夫だって。昼飯食ったら出かけるぞ」

「はい！」

「えっ、ちょっと若当主。それはまずいよ」

縁たちのやり取りを聞いていた釜師のひとりが作業の手を止めて顔を上げた。鬼柳よりひとまわり以上も年嵩《としかさ》の職人だ。

「まずいって、何がですか」

鬼柳は不満そうに唇を尖《とが》らせて彼を睨《にら》んだ。

「もう、忘れちまったんですか？　今日は午後から川徳《かわとく》デパートの、岩手県内の工芸品展の打ち合わせの予定だったじゃないですか」

呆れたようにその釜師はため息をついた。川徳デパートは盛岡市の中心部にある、老舗《しにせ》のデパートだ。

「あっ」

おそらく彼の言うとおりなのだろう。鬼柳の顔がみるみるうちに青くなる。

「いつも若当主と一緒に行ってくれてるちいちゃんも、今日まで関東出張なんだから、代わりにおれに一緒に行ってくれって一昨日《おととい》頼んだの、若当主でしょう。だからおれ、今日はスーツ持ってきてたのに」

「やべえ、東京のデパートの物産展と中国向け輸出の件でここしばらくバタバタしてたから、すっかり忘れてた」

「ちょっともう、しっかりしてくださいよ」

釜師のため息はどんどん深くなる。縁はおろおろとふたりの顔を交互に見るばかりだ。福も顔を上げて心配そうに縁たちの様子を見ている。

「あっ、あの、何だったらおれひとりで行ってきても……」

見かねて縁がそう言いかけたとき、工房入り口の暖簾《のれん》がひらりと揺れた。

「あれっ、ちいちゃん？」

「ちい姉!?」

「おはよう、ございます」

智明はいつものジーンズにトレーナー、頭には手ぬぐいを巻いたスタイルだ。

「出張から帰ってくるの、今日だったよね。今日一日くらい、休んでたらいいのに」

「いえ。何だかじっとしてられなくって」

鬼柳の言葉にそう言って微笑んだ智明だったが、工房の中央に皆が集まって立ち話をしている風景に、何やら不穏な空気を感じ取ったのだろう。その表情がわずかに翳《かげ》った。

「何か、あったんですか？」

「いや実は……」

「聞いてやってよ、ちいちゃん」

鬼柳の言葉を遮《さえぎ》って、さきほどの釜師が口を挟んだ。

「若当主ってば川徳さんとの約束をすっかり忘れてて、田鎖さんのところに行く約束しちまったんだぜ」

「田鎖さん？　ユカくんの風鈴、もうできたんですか？」

「あれっ、どうしてそのこと知ってんの？」

目を見開く釜師に、智明は小さく頷く。

「……鬼柳さんとユカくんから、聞いてるから」

鬼柳と縁は顔を見合わせる。合点がいったように釜師は頭を掻いた。

「もしかして、ちいちゃん、ユカを手伝おうと思って早めに出てきたのかい？」

「えっ」

「あっ、別にいいの」

思わず声を上げた縁に、智明は慌てたように首を横に振った。

「ごめん、ちい姉。今日でだいたい完成なこと、言っとけばよかったね」

「いやいや、おれはほとんど何にもしてないぞ。作ったのはユカだ。見せてもらいな、いいもんができたぞ」

縁は智明に風鈴を渡した。智明はそれを目の高さに掲げる。チン……と素朴な音がした。

「すごいね、ユカくん」

「なかなか味があっていいよな。なのに肝心の若当主がこの様なんだよねえ」

「しつっけえなあ、もう」

「あっ、あの……」

ぎろりと音がしそうに隣の職人を睨みつける鬼柳に、おそるおそるといった様子で智明が申し出る。

「あたし、行きます」

鬼柳の顔がぱっと明るくなる。怒濤《どとう》の勢いで智明に詰め寄った。

「そうしてもらえるか、ちぃちゃん!?」

鬼柳に肩を摑《つか》まれ驚きで目を丸くしながらも、智明はこくこくと頷く。

「田鎖さんのお店なら、みんなで何回も行ったこと、あるし」

「いやあ助かる！　さすがちぃちゃんだ、ありがとな！」

満面の笑みの鬼柳に、花がほころぶような顔で智明も笑った。

＊

「ごめんください」

「いらっしゃい、智明ちゃん！　鬼柳さんからお電話いただいてますよ」

開店前らしく暖簾もまだ出されていない店の戸からそっと顔を覗かせた智明に、仕込みをしていた主人の洋二は快活に応じた。

「さあさあ、入って入って。今、親父呼んでくるから」

智明の車で縁と福が向かった田鎖の店は、不来方《こずかた》鋳房《ちゅうぼう》がある鉈屋町からは車で十五分程度の八幡町界隈にある。

八幡町は県内一の大社で盛岡の総鎮守《そうちんじゅ》である、盛岡八幡宮の参道に沿って南部藩の藩政時代から栄えてきた一帯だ。明治時代以降は花柳界として賑《にぎ》わい、幡街《ばんがい》と呼ばれ、多くの茶屋と幡街芸者が存在し、多くの横丁があって活気に溢《あふ》れていた。そのときの名残りで現在でも料亭が営業しており、細い横丁の両側には小料理屋や飲食店も多い。

しかしここ数年は市内の大通りや郊外に、大型ショッピングモールや全国チェーンの飲食店などの出店が相次いだ影響で、空き店舗も目立つようになっていた。

田鎖一家が引っ越してきたのは、そうした住居兼空き店舗のひとつを借りてのことだった。

「お義父さーん、ちょっとこっち来て見てくださいよ」

夫人の声が奥の方から響いてくる。聞き取りにくいが、もごもごと渋るような老人の声が夫人の声の合間に聞こえる。

智明と並んで待っていた縁の動悸がだんだん激しくなってくる。洋二が持ってきた段ボールに風鈴と鉄瓶の残りのかけらを一緒に入れて、縁は胸の前で抱きかかえていた。その手のひらにも汗がじんわりとにじんでくる。

「何だい、この騒ぎは」

やがて、不機嫌そうに文句を言いながらごま塩頭の老人が奥の住居からのっそりとやって来たとき、縁は緊張で縮みあがった。福が縁を支えるように、足に寄り添う。

「この方たちはねえ、いつもうちに来てくださるお客さんだよ。南部鉄器の職人さんたちなんだ」

「南部鉄器？　その人たちがどうしたんだい？　予約かい？」

値踏みするように老人は智明と縁を見やった。

特に縁を見たとき、老人の視線が険しくなったことに縁は気づいていた。視線の位置からして、おそらくプリン頭が不興を買ったのだろう。

「実はね、おふくろの鉄瓶が見つかったって、宮古の隣のおばちゃんから電話もらってさ。おれたちで取りに行ってきてたんだよ」

「はあ？　鉄瓶だと？」

「そうだよ。おふくろが使ってた鈴蘭の鉄瓶があっただろ？　ただ、波を被ったせいで錆がひどくてさ。だから職人さんたちと相談して、使えそうな部分を溶かして再生してもらってたんだ。見てあげてよ」

「ばあさんの鉄瓶を……溶かした、だって⁉」

老人の表情がみるみるうちに怒りに染まった。

「いらんいらん！　そんなもん、見たくもないわ！　持って帰れ！」

「ちょっと、親父」

「そうよ、せっかく来てもらったのに、失礼よ」

夫妻が止めても、老人の怒りは収まらない。

顔を赤く染め、唾をまき散らして怒鳴った。

「知らん！　だいたいおれはそんなもん頼んどらん！　そんな塵《ごみ》みたいなもん、捨ててしまえ！」

「親父、塵だなんていくら何でもひどいだろ」

「うるさい！　いいから帰れ。そんなもん見たくない！　帰れ！」

息子夫婦の言い分を聞かないどころか縁たちの方をろくに見ようともせずに、老人は足音も荒く家の奥に引っ込んでしまう。

慌てて夫人がその後を追ったが、さほど経たないうちに肩を落として戻ってきた。洋二と目を合わせて、首を横に振る。

「本当にごめんなさいね。せっかく作ってもらって、こうやって届けに来てもらったのに」

「いえ……こちらこそ……何だか、怒らせてしまったみたいで」

智明はそう言ったが、縁は言葉が出ない。

段ボールを抱えたままの腕が痺《しび》れていくのも忘れて、立ち尽くしていた。

「でも、ちゃんとお代は振り込ませていただくからさ」

「それに、今度、お寺さんにお願いしてお墓に一緒に入れてあげようと思います。お義母さんはきっと喜んでくれると思います」

夫妻が宥《なだ》めるように言う声も、今の縁にはどこか遠く響くばかりだった。

＊

マヨイガへと向かう車内の空気は重く沈んでいた。

智明が鬼柳に電話でことの次第を報告した結果、今日はふたりともこのまま直帰してよいことになったのだった。

太陽は大きく傾き、街には薄墨の帳《とばり》が下りようとしていた。家々には明かりが灯り、家路を急ぐ車が行き交う。そうした車のヘッドランプが、縁の顔にも濃い影を落としては去っていく。

縁は後部座席に体を投げ出し、窓枠に肘をついて、車窓を流れる街並みをぼんやりと眺めていた。

福は縁の隣に身を寄せ、体を丸めている。店を出てしばらくしてからは福も縁を元気づけようとして何度か話しかけたのだが、縁から返ってくるのは「ああ」とか「うん」といった生返事ばかりだった。

心ここにあらずといった状態の縁を、智明はミラー越しにちらりと見遣《みや》る。

「あのね、ユカくん」

縁は窓の外を眺めたまま、「んー」と口の中で返事をした。

「あたしがどうして南部鉄器の職人になろうと思ったのか……まだ話したこと、なかったよね」

「え、ああ……うん」

「小学五年生のときにね、社会科見学の授業があったの。クラスごとに近所の工場だったり、会社だったりに行って、仕事をしている人から話を聞く……っていうものなんだけど。あたしたちのクラスが行ったのが、不来方鋳房だったのね」

「ふうん」

そう言えば、鬼柳さんもそんなこと言ってたなと縁はぼんやり思い出す。小学校の体験教室で発泡スチロールの鋳造体験をやったのだと。

「あたし、小さいときからこんな感じであんまり人付き合いが上手じゃないから……。輪になって職人さんの話を聞く先生とみんなからちょっと離れたところに、隠れるみたいにひとりで立ってたの」

福が智明の話に耳を傾けるように、体を起こす。

「そしたら、若い職人さんが話しかけてくれたの。『みんなのところに行かないのか？』って。でも……あたしはただ、黙って首を横に振って、そのままそこに立ち続けた」

智明はいつになく饒舌《じょうぜつ》だった。彼女なりに縁を慰めようとしてくれているのだろう。

そこでようやく縁は、運転席の智明へと目線を移した。

「その人、ちょっと考え込むような顔をした後、こっそりあたしを自分の作業机に連れていってくれたのね。道具を見せてくれたり、鋳型に文様を打つのをちょっとだけ、やらせてくれたりしたの。すごく、楽しかった。人生で一番、わくわくしたの」

後部座席から見える智明のショートカットの白いうなじには、心なしか、ほのかな桃色が差しているようにも見える。

ミラーに映るその表情に、縁は心当たりがあった。

「もしかして、その職人さんって……鬼柳さんのこと？」

智明は一瞬、ハッとしたように目を見開いた。

ハンドルを握ったまま目を伏せるようにしながら、おずおずと頷く。白い肌が耳のあたりまで真っ赤に染まっていた。

「あたしも鉄器を作ってみたい。ここで働いてみたいなあ、って思ったの。だからそれか

ら、学校の帰りにこっそり寄ってお店を覗いたりするようになって……何度か通っている
うちに、他の人にも覚えられて。高校生になったらすぐに、バイトってことで職人見習い
を始めたの」
「そっか、そんなことがあったんだ」
今だったら、このおとなしい智明がどうしてあれほどまでに——家族の反対を強固に押
し切ってまで、工房で働くことを望んだのか、縁にもわかるような気がした。
「ユカくん、知ってる？　鉄ってね、含まれる炭素が多いか少ないかで性質が変わるの。
鉄鉱石を溶かして取り出した銑鉄は炭素が多いから脆いの。でも炭素が多いと冷えても縮
まないから、鋳物には銑鉄を使うの」
「そういえば、鬼柳さんもそんなこと言ってた」
「銑鉄から炭素を取り除くと、鉄は強靱《きょうじん》になるの。叩いて曲げたり延ばしたりできるよう
になる。鍛冶屋さんが刀を作る鋼《はがね》はこっちね」
「刀と鉄瓶は真逆なんだね」
「うん。あたしは刀より鋳物の方が好き。……刀は人を傷つけるし、触れることはできな
いでしょ。でも鋳物は触れるし、撫でることも、頬擦《ほおず》りだってできる。そして何より人を
癒《いや》してくれる」
「癒し？　鋳物が？」

「うん。疲れてても、炭火にかけた鉄瓶のお湯が、ゆっくり沸いていくのをただぼんやり見てると、湯気が噴き出す音が子守歌みたいに聞こえて、何だかほっとしてくるの。だからあたしも、そんなふうに思ってもらえるような作品が、いつか作れたらいいなって思うの」

口数が少なく、感情の起伏が少ないようにも見える智明の中に、こんな風に熱く燃える思いがあったことに、縁は驚きを感じていた。

「あたし、ユカくんの作品には、そういう力があると思うよ」

「えっ、おれ？」

ミラー越しにちらっと一瞬だけ目を合わせて、智明は頷いた。

「工房でね、ユカくんの風鈴を見せてもらったとき、思ったの。あったかいなあって」

「あったかい？」

「うん。工房のみんなは、よく『南部鉄器はあったかい』って言うの。鉄は冷たいのに不思議でしょ？　でも今日ね、ユカくんの作品を見て、はっきりとわかったの。ああ、あったかいなあって。

鬼柳さんの受け売りなんだけど、南部鉄器はね、そもそも鋳型から出して完成するようにできてないの。誰かに使ってもらううちに、ゆっくり出来上がっていくものなの。ユカくんの作品は、鋳物を手にした人がどんな思いでどう使ってくれるか、すごく考えながら作ったものだって、あたしには伝わってきたよ」

縁は照れと困惑が混じったように苦笑いした。

「ありがと」

智明は縁のためを思って言ってくれている。

そのことはすごくありがたいと思う。

けれど、縁の胸の底に重く鉛《なまり》のように沈みこんだ感情は、なかなか消えなかった。

それはここ最近——高校を出て、清水の家を離れて、マヨイガに住むようになってから——久しく忘れていたものだった。

何の能力も価値もない自分は、存在そのものが周囲の人々にとっての重荷になっているのではないか。

思いつきのような縁の提案に、せっかく鬼柳をはじめ田鎖夫妻も乗ってくれたのに、肝心な人を怒らせて皆を傷つけてしまった。

こんな自分が何かを願ったこと自体が間違いだったのではないか。

4

「ユカくんのおうちって、この辺りだったよね」

智明の言葉で、ぼんやりと窓の外を見ていた縁は現実に引き戻された。

いつの間にか、智明の車は上《かみ》の橋のたもとで折れて、マヨイガの門のすぐ前まで来ていた。以前は道幅が狭いのと、いきなりマヨイガをお披露目《ひろめ》するわけにもいかず、橋のたもとで降ろしてもらったのだった。

今日は田鎖家のことで頭がいっぱいだったので、うっかりしてしまっていたらしい。

「どうしたの？　あたし、道間違った？」

「えっ？　う、ううん、間違っては……いない、んだけど」

縁は言いよどむ。

智明はハンドルを握ったまま、不思議そうに首を傾げた。

福はおろおろとそんなふたりの顔を交互に見比べる。アイドリングしているエンジンの音だけが、静かな川べりに響いていた。

そのときだった。

コンコン、と外から誰かが助手席側の窓をノックした。

「おい、こんなところでくっちゃべってないで、さっさと家に入れよ。茶くらい出すぜ」

懐中電灯ではなく、ランプをかざしてそう言った作務衣《さむえ》姿の青年の顔に、縁はぎょっとした。

「みっ……」

「みーちゃん！」

「ただでさえ道が狭いんだからさ。後ろからほかの車でも来たら邪魔だろ」

揺れるランプの灯りに照らされて、蛟はにっと笑う。

智明は助手席に向かって身を乗り出してきた。

「ちっ、ちい姉？」

「あの、先日はお世話になりました」

「気にすんなって。困ったときはお互いさまだからな」

(相手の人間に波長を合わせたら姿が見えるようになるって言ってたけど、急にやるな急に！　びっくりするだろ！)

縁がしどろもどろになっている間に、福はこっそり助手席側のドアを開けて、闇に身を溶け込ませるように、するりと滑り出ていく。

「あっ」

「どうしたの？」

「い、いや、何でもない」

「ほら、入んなって」

智明は頷くと、門を潜《くぐ》り庭へと車を進めた。エンジンを切ってキーを抜き、縁も降りたのを見てドアにロックをかける。

「おーいみんなー、早くおいでよー。おいしいご飯作るからー」

人間の男の子の姿に化けた福が、玄関先で声を張り上げた。

いつの間にか既に白い前掛けをつけていて、手にはおたまを持っている。やる気満々のようだ。この調子では、今夜は智明の歓迎会になるだろう。

「ここじゃ寒いし、中に入ろうよ」

乾いた笑いを浮かべて一気に棒読みで台詞《せりふ》を読み上げ、縁は玄関へと智明の背中をぐいぐい押す。

その勢いのまま歩き出した智明だったが、ハッとしたように口元を押さえて足を止めた。

縁はつられてその視線の先を追う。

智明は車を見ているようだった。けれど暗くて、縁には何も見えない。

「どうしたの、ちい姉？」

智明が答える前に、縁の横をすり抜けて歩いて行った者がいた。

「蛟？」

蛟はまっすぐに車の横まで行くと、中を覗きこむ。

かと思うと、ちらりと肩越しに縁の方をふりむいて、しょうがねえなあと言わんばかりの口調で告げた。

「おまえら、どうやらもうひとり、客人を連れてきたみたいだな」

首を傾げる縁のダウンジャケットの裾を、智明が小さく引いた。

「あそこ。助手席」

「あそこって……」

蛟はランプを持っていない方の手で、助手席側のドアを引いた。さっき確かに智明がドアをロックしたはずなのに、いとも簡単にドアは開く。

そこへ蛟は自分が履いていた雪駄《せった》を脱いでそろえた。自分は裸足《はだし》で土の上に立つ。

「あいつ、何やって……？」

縁は怪訝に思って目を眇めた。

しかも、誰もいないはずのそこからゆっくりとした動作で降りてきた者がいた。

「よいしょっと。ありがとうね。歳を取ると腰にくるわねえ」

そう言いながら蛟の雪駄に足を乗せたのは、白髪にパーマをかけた老婦人だった。

ランプの灯りに浮かび上がった頬はふくよかで、眉と目尻の下がった柔和な面立《おもだ》ちをしている。

「え、ええええっ!?」

縁は驚きのあまり、腰を抜かしそうになる。

けれど智明はじっと老婦人を見ている。肝が据《す》わっているのか、それとも蛟があまりに自然に接するものだから、怖くはないのか。

一方蛟はごく普通の老婦人にするように、ランプで足元を照らしてあげながら、微笑みさえ浮かべて尋ねる。

「大丈夫か？　腰が痛むなら手を貸すが」

「やさしい子だねえ。ありがとう、大丈夫よ。腕だけ摑まらせてちょうだいな」

蛟の腕に支えてもらいながら、老婦人はゆっくりした足取りでマヨイガの玄関口へと歩いていく。

夫人は靴を履いておらず、その足元は毛糸の靴下だけだった。身につけているものも、まだコートなしでは寒いこの時期に外を出歩くには不釣合いな、薄いスカートとニットのカーディガンのみ。まるでついさっきまで、自宅の居間でお茶でも飲んでいたかのようないでたちだ。

呆気《あっけ》に取られて縁は呆然と立ちすくんでいたが、老婦人が通り過ぎざまに小さく会釈しただけでびくりと震え上がってしまう。

「ち、ちい姉……あんなおばあさん、乗ってなかったよね？」

智明は口元を押さえたまま、こくこくと首を縦に振った。

「ちい姉は怖くないの？　平気なの？」

「そりゃ、怖いけど……」

「けど?」

「あの人、もしかしたら……もしかしたらだけど、亡くなった田鎖さんのおうちのおばあさんじゃないかな」

縁は口を開けたまま絶句した。

「えっ? ど、どうして?」

「おばあさんが通り過ぎるとき、海の匂いがしたの」

車からマヨイガまで、蛟と老婦人が通っていった後には、点々と水の跡が続いており、家の中から零れる明かりを映して光っていた。

*

「ほんとうにごめんなさいねえ、うちのおじいさんて、頑固だから」

常居の囲炉裏《いろり》の火にあたりながら、田鎖家の老婦人――鈴は笑った。

じいじも含め、マヨイガの住人たちと智明は、老婦人を囲んで座っていた。

「お茶、どうぞ!」

福が自分の本体で沸かしたお湯で淹れたお茶を、盆に載せて差し出す。

鈴は嬉しそうに湯飲み茶碗を受け取ると、福の頭をくりくりと撫でた。

「まあありがとう。えらいのねえ。あなた、このうちの子？」

「うん！　ぼく、みーちゃんの弟なんだ！」

「まあ、そうなの」

蛟と福は文字通りマヨイガの住人だからこういう機会には慣れているようで、いたって落ち着いたものだ。縁にとって最も意外だったのは智明だった。

明らかにこのご婦人は生きている人ではないというのに、縁のようにいちいちビクッと反応したりせず、落ち着いている。

「びっくりさせちゃったみたいね。ごめんなさいね」

縁を気遣うように、彼女は頭を下げた。

「いえ、あの……はい。でも、大丈夫です。たぶん。すみません」

言葉も十分ぎこちないが、表情もまだ強《こわ》ばったままだ。

縁は隣の智明にだけ聞こえるくらいの声で囁いた。

「あのさ、ちい姉は、こういうの平気なの？　えっと、その、幽霊とか」

「平気ってわけじゃないけど……このおばあさんは何だか怖くないの」

「そ、そうなんだ」

ふたりのやり取りが聞こえたのか、蛟が「はん」と鼻で笑った。

「ユカおまえ、これくらいでいちいちビビってたら、マヨイガの管理人は務まらないぜ」

「どういう意味さ」

今度は蛟に向かってぼそぼそと訊ねる縁に、蛟もぼそぼそと応じる。

「前に言っただろ。マヨイガの管理人の務めはこの家自体のお守りだけじゃない。時々やって来る迷い人をもてなすのも大事な仕事なんだよ」

「迷い人？」

「マヨイガはそれ自体にふらふら放浪癖があるからマヨイガって言われてるが、それだけが理由じゃない。もうひとつの意味もあるのさ。ここには道に迷ったやつらが引き寄せられてやって来る。人であるか否かを問わずな。だから迷い人の家って意味で、マヨイガともいうんだ」

「それ、初めて聞いた」

「そうだったか？　まあ、どっちかっていうとおまえが一番の迷い人って感じだがな」

「うるさいな、一言余計だよ」

縁たちの掛け合いに、鈴はくすくすと笑う。

「仲がいいのねえ」

「誰が、こんなのと」

「やめてくれ」

二人の言葉が重なる。また鈴は楽しそうに笑った。

だがそれはごく短い間のことで、その表情が哀しげに曇る。

「おじいさんのこと、どうか嫌いにならないであげてね。長い間漁師をやっていたから、多少口調は荒っぽいところもあるけど、本当はすごく真面目《まじめ》で、やさしい人なの」

「嫌いになるだなんて、そんな……」

言いながらも、無意識のうちに声が硬くなってしまう。

鈴はそんな縁を見て、目を細めた。

「おじいさんはね、わたしのせいでずっと自分を責めてるの。もしあのとき入院なんてしてなかったら、わたしと一緒にいられたはずだって」

老婦人の言葉は、縁の胸を締めつける。

あのとき、家から——大切な人の傍から離れなかったら、少なくともこんなことにはならなかった。

仮に助けることができなかったとしても、たった一人で逝《い》かせるなんてことにはならなかったはずだ。

「おれだけ助かってしまってごめんなあって、おじいさんはよく一人で仏壇の前で泣いてるの。そんなことない、おじいさんが生きててくれて嬉しいよ、っていくらわたしが言っても、おじいさんにはわたしの声は聞こえないの。だからおじいさんはきっと、あの鉄瓶の話を聞くと、わたしのことを思い出して辛いんだと思うのよ」

正座した膝の上に置いた手のひらに力がこもる。ジーンズに皺が寄った。

「おれがしたことって、おじいさんにとっては迷惑だったのかな」

縁は俯いたままで、絞り出すように言った。それはずっと、縁の心に影を落としていた疑念だった。

自分と同じように、大切な人を無力のうちに逝かせてしまった後悔を引きずっている人に、少しでも元気になってもらえたらと思ってのことだったけれど。もしかしたらそれは単なる偽善だったのかもしれない。

すると、膝の上に置いた手のひらを、ふわりと温かいものが包んだ。

目を見開いて顔を上げると、いつの間にか隣に老婦人が座って微笑んでいた。

「あなたのお名前、まだ聞いていなかったわね」

「……縁です。エンとかユカリの、ゆかりって書きます」

「ああ、だからみんな、ユカとかユカくんって呼んでるのね」

縁は頷いた。

「母が、つけてくれたんです」

「心のこもった、とてもいい名前ね。あなたに似合っているわ」

言いながら鈴はふくよかで柔らかい手で、縁の手をやさしく撫でた。胃の腑の方から塊のようなものがのどまでこみ上げてきて、鼻の奥がつんと痛くなる。

「お願い、ユカくん。あなたが作ってくれた鋳物を、おじいさんに届けてあげて」

「届けるって……」

あの風鈴は田鎖家に置いてきてしまった。夫妻に託してきたのだ。

そう遠くないうちに、この老婦人の眠る墓に収められてしまうはずだ。

「わたしはね、おじいさんにはもう一度、前を向いてほしいの。助かってよかった。生きていてよかったって思ってほしいの。もうこれ以上、自分を責めないでほしいのよ」

「でも、おじいさんはあんな塵みたいなもん、いらないって」

「大丈夫。わたしにはわかるの」

それでも縁の目には、迷いが表れていたのだろう。

老婦人はまるで自分の孫にそうするようにやさしくぽんぽんと縁の手を叩きながら、にっこりと笑った。

「おじいさんにはわたしの声は届かないけど、わたしはあの風鈴になって、おじいさんの傍でずっと話しかけていようと思うの。だからユカくんは心配しないで。すぐにはわかってもらえなくとも、いつかきっと伝わるから。だってわたしたち、夫婦なんですもの」

縁は唇を嚙《か》みしめる。

これ以上傷つくのが怖くて、逃げてきてしまった。

でも当たり前のことだけれど、言葉は伝えなければ、伝わらない。黙って逃げてばかりいては、同じところをぐるぐる回るだけだ。

それでもいいのだろうか。

このまま、あの風鈴をお墓に入れてもらって、それで自分は後悔しないか。

縁を信じて、大事な鉄瓶を託してくれた田鎖さんたちを裏切ることにはならないか。

忙しい仕事の合間を縫って直接指導してくれた鬼柳の目を、今後も縁はまっすぐに見ることができるだろうか。

縁の中の答えはすべて、否だった。

「……ごめん、ちい姉。もう一回、田鎖さんのところに行ってもらってもいい？」

智明は一瞬大きく目を見開いて、それから嬉しそうにふわりと笑った。

「うん、いいよ」

じいじは終始何も言わず、ただの木彫りの面のように炉端の明かりに照らされていた。

福はいつの間にか、あぐらをかいた蛟の膝を枕に眠っている。

蛟は黙って茶を啜《すす》っていた。

口元にわずかな笑みをたたえたその美貌は、澄んだ湖面のように凪《な》いでいた。

＊

「あ、あのっ」

「あら、清水くん」

再び店に顔を出した縁に、和服に着替えて客の注文を受けていた和美は驚きの声を上げた。営業時間に入った店内には、ちらほらと客の姿がある。

「すみません、お仕事中に」

「どうしたの？　何か忘れ物？」

「あのっ、お願いがあります。さっきの鋳物のことで、もう一度、おじいさんと話をさせていただけないでしょうか」

「えっ？　うちは構わないけど……お義父さんが何て言うかしら」

「そこで立ち話もなんだから、家に上がってもらいな。まだ親父は起きてるだろ」

店主の声が、多少苛立っている。

戸口でやり取りしていたものだから、さきほどから店内には冷たい風が吹きこんでいたのだろう。気づけば客の幾人かが、寒そうに肩をすくめてこちらを見ていた。

縁と智明と鈴は急いで店内に入って戸を閉めた。和美がひそひそ声で先導してくれる。

「こちらへどうぞ。暗いですから、足元に気をつけて」

そんな一同の横をすり抜けるようにして、鈴は家の奥へと消えてしまう。和美に案内されるまま、残されたふたりは厨房と繫《つな》がった家の中へと進んでいった。

「まったく、何なんだねあんたたちは」

田鎖家の当主、洋《ひろし》は座椅子に体を沈めたまま、不機嫌さを隠そうともせずに言った。

どうやら寝る前の晩酌をしながら、居間でテレビを見ていたところだったらしい。居間のテーブルの上には飲みかけのカップ酒が置かれていた。鈴の姿はどこにもない。

「お店の方をほっとけないから、ごめんなさいね」

そう言い残すと、居間の戸口で立ち尽くす縁たちの返事も待たずに、和美は急ぎ足で店へと戻って行った。

居間にはお天気キャスターが明日の天気を告げる、明るい声だけが響いている。

洋はむすっとした表情のまま、カップ酒を口に運んだ。まるで自分からは何も話すことはないと言わんばかりだ。

縁も智明もその雰囲気に気圧《けお》されて暫《しば》しそのまま棒のように立っていた。

だが縁は腹に力を込めて、洋の傍まで歩み寄った。床に座りこみ、手をつく。

智明は後ろで立ち尽くしたままだ。

「こちらの勝手な話だとわかっていますが、おじいさんにお願いがあります。さっきお渡しした風鈴、一度だけでも構いません。ちゃんと手に取って、見てもらえないでしょうか」

「はあ？」

長年漁師として船に乗っていただけある、よく日焼けして深い皺の刻まれた眼光鋭い顔で挑《いど》むように睨まれると、胃の辺りがきゅっと縮むような迫力があった。

手のひらが冷えて汗がにじんでくるのを感じながら、縁は続けた。緊張でつい、早口になる。

「人間も、人間以外のものも、ずっと同じ形ではいられない。それが残酷な自然の決まりごとなのは、おれも理解しています。こんなこと、おれがえらそうに言える立場じゃないのはわかってますが……。姿かたちが変わってしまっても、変わらないものだってどこかにあるんじゃないでしょうか」

「何が言いたいんだね、あんた」

老人の眼光がますます険しいものになる。智明が身をすくめた気配がした。

カップを握りしめる節くれだった指に、力がこもったのがわかる。今にもそれを縁たちに向かって投げつけそうな勢いだ。

「おれも、おじいさんと同じなんです」

「何だって？」

「おれも津波で、大切な家族を亡くしました。あのとき、もっと自分がしっかりしていたら、母は死なずに済んだんじゃないか。おれなんかが生き残るより、母が生きててくれた方がずっとよかったんじゃないか。どうしておれが助かって、母は死んじゃったんだろう。おれが生きてて、ごめんなさい。ずっと、そう思ってきました」

洋が息を呑んだ。

カップを握る手から、力が抜けていくのがわかる。

「……あんた、おふくろさんを亡くしたのか」

その声は、幾分か柔らかいものになっていた。

「……はい」

声が震えた。

「そうか。それは、大変だったな」

息を吐くように、老人が言った、そのときだった。


チン、チリン…………


金属音が隣の部屋の方から響いてきた。

その音に聞き覚えがあった縁は顔を上げる。

「何だ?」

言いながら洋は膝に手をついてのろのろと立ち上がる。

酒のせいか多少ふらつく足取りで、隣の部屋へと続く障子を開け、室内の電灯の紐を引いた。

白い光に照らされた無人の室内には仏壇があり、その手前に小さな包みが転がっていた。仏壇に供《そな》えられていたものが、転げ落ちたらしい。

「あっ」

思わず声を上げたのは縁の後ろに立っていた智明だった。

まるで見えない誰かの手にそっと押されるように、包みはころころと洋の足元まで転がってくる。

包みを拾った洋は、しばらくの間、物言わぬままに手の中のそれを見つめていたが、やがて壊れ物を触るような仕草で包みを捲り始めた。

「こいつは……あんたが作ったやつかね」

「はい」

「そうか……」

それだけを言って、老人は手の中の風鈴にじっと目を落とした。

花弁がくるくると可愛らしく反り返った鈴蘭の花一輪をイメージした、ぽってりと丸い風鈴は、漆と鉄漿で栗皮のように深い色味の茶に染められている。

先端の紐をつまみ、洋はそっと揺らした。

チン、チリン…………

さきほどと同じ、素朴な音が鳴った。

チン、チリン…………

テレビの音と風鈴の音色だけが、室内に響いていた。

「兄ちゃんは、どうして、この形にしようと思ったんだい」

「はい。おばあさんが、鈴蘭の花が描かれた鉄瓶を気に入ってたって、おじさんたちに聞きました。元の鉄瓶は錆がひどくて使える部分はほとんど残ってないけど、もしかしたら鈴蘭の花一輪分くらいなら作れるんじゃないかなって思ったんです」

チン、チリン…………

「いい、音だなあ。ばあさんの鉄瓶の音がするよ」

「鉄瓶の音？」

目を見開く縁に頷いた彼の表情は、晴れて穏やかな海のように凪いでいた。

「ばあさんが、鉄瓶の蓋を開け閉めするときの音がするよ、チン、っていう音がね。この音を聞いていると、ばあさんが隣で茶を淹れてくれてるみたいだな……」

洋の声に、涙がにじんだ。

「怒鳴って悪かったな、兄ちゃん。ばあさんが大事にしていた鉄瓶を見たら、震災のときのことを思い出してまた辛くなっちまうんじゃないかって思ったら、こう、カーッとしちゃってな」

ぐすりと鼻を鳴らしながら、老人は手の甲でごしごしと荒っぽく顔を擦る。

「ありがとうよ。これ、大切にさせてもらうな」

そのとき縁は、洋の隣にそっと寄り添う、やさしそうな顔の婦人の姿を、確かに見たのだった。

＊

翌日、縁は普段の時間よりかなり早めに出勤した。

「あれっ？　今日は早いな、ユカ」

案の定、縁を見て鬼柳が目を丸くする。

不来方鋳房の釜師の中で、鬼柳は誰よりも早く出勤する。縁はそれを知っていたから早く来たのだ。

どうしても二人きりで、鬼柳に話したいことがあった。

「おはようございます。あのっ、おれ——」

「ああ、そういやゆうべはごくろうだったな」

そんな縁の胸中など知らない鬼柳は、いつもの笑顔で縁のプリン頭をぽんぽんとやさしくたたいてくる。

「ゆうべ田鎖さんから電話があったぜ。ぜひおまえによろしく伝えてくれってさ」

「えっ、おれに？」

「ああ。田鎖さんのところのじいさんな、おまえたちが帰ってから、もっとちゃんとおまえに礼を言っておけばよかったって思ったらしくて、息子さんに伝言を頼んだんだってさ。『いいものをありがとう。あんたも辛いだろうが、がんばりなさい。おれとばあさんが応援してるからな』ってさ」

目の奥が熱くなる。

こぼれそうになる涙を、縁は唇を嚙んでこらえた。

「鬼柳さん……」

「うん？」

「あの、おれ……今まで、なりたいものとか、やりたいこととか、全然なかったんです。でもずっと、それで別にいいやって思ってました。金もないし、生きてても特に楽しいこともなかったし。四十とか五十とかのおっさんになってあちこちガタが来る前に、ぽっくり死んじゃえたら楽でいいや、って思ってました」

「こらこら。アラフォーのおれを前にしてひでえなあ。職人は還暦過ぎるまでは、まだまだ赤ん坊みたいなもんなんだぜ」

鬼柳は苦笑いしながら、縁の髪をぐしゃぐしゃと容赦なくかきまわす。

逞《たくま》しい鬼柳の指でそうされると、さすがに少し痛い。縁は困ったように顔をしかめながらも続けた。

「おれ、釜師になりたいです」

鬼柳の手が、ぴたりと止まる。

「おれ、ここに来てから鬼柳さんやちい姉、それに釜師のおじさんたちを見てて、かっこいいいな、おれもこんなふうになれたらいいなって、ちょっとずつ思うようになって……。それに、田鎖さんのおじいさんが、おれが作ったもので喜んでくれたのを見て、ああ、いいなって強く思ったんです」

話しているうちから、鬼柳の目尻に刻まれた笑いじわがどんどん深くなっていく。

「おれ、頭も悪いし、手先もあんまり器用じゃないけど、弟子入り、お願いできますか?」

「あったりまえだろ。もちろん大歓迎に決まってるぜ!」

言い終わるやいなや、がばっと首を抱きこまれた。

そのままわしわしと頭を撫でられる。

「よーし、そうと決まったら今日からでも鍛えてやるからな。覚悟しとけよー! あっはっは!」

「頼みますから手加減してくださいよ! いたたた!」

縁の悲鳴と鬼柳の笑い声が、朝の透き通った光の中に響き渡るのだった。

第四話　思い出は波の向こうに

1

波の音が聞こえたような気がして、縁《ゆかり》は目を覚ました。

今日のマヨイガはひどく静かだった。静かすぎる。

まだ寒いこの時期には、いつも縁の布団の上で体を丸めて寝ているはずの福《ふく》の姿もない。

妙な胸騒ぎがした。

縁が布団の上で体を起こしたとき、襖《ふすま》が勢いよく開く。

「あっ、よかったユカ！　起きてた！」

言いながら飛びこんで来た福にまとわりついていた匂いが、ふわりと縁の鼻をくすぐった。縁にとってあまりになじみのある匂いに、縁は目を見張る。潮の匂いだった。

「大変だよ！　海！　外が海になってる！」

パジャマ代わりの高校時代のジャージのまま、縁は弾《はじ》かれたように部屋を飛び出した。

雨戸を開ける時間ももどかしく、玄関を目指して一気に板の間を駆け抜ける。

開け放たれたままだった玄関の扉の向こうに広がっていたのは砂浜と、どこまでも続く大海原だった。

「嘘だろ……」

あまりのことに、縁は玄関先に案山子《かかし》のように立ち尽くしていた。

裸足《はだし》の足の裏に感じるのは、濡れて黒ずんだ砂の、懐かしく冷たい感触。立ち歩きを覚えたばかりの幼子《おさなご》のように、縁は震える足を一歩、また一歩と踏み出す。

鼠色《ねずみいろ》に染まる波打ち際には、見覚えのある藍色《あいいろ》の作務衣《さむえ》の後ろ姿があった。

彼の長い黒髪を、雪交じりの海風が嬲《なぶ》っている。

「蛟《みずち》……」

ふりむいた美貌の青年の翡翠《ひすい》の双眸《そうぼう》からは、普段の怜悧《れいり》な輝きが消えていた。顔色も真っ青だ。

雪解けの身を切るような冷たい滝の中に迷わず飛びこんで縁を助けたときにさえ、けろりとしていた彼だ。その顔色は吹きつける寒風のせいではないのだろう。

「これって、またマヨイガが移動したんだよな？　いったいここ、どこ……」

言いながら周囲を見回した縁もまた、言葉を失った。

マヨイガの背後に見渡す限り黒々と横たわっているのは、数万本にも及ぶ黒松と赤松の長大な林だった。

砂浜と海、そして松原が溶け合ったこの光景が、縁の記憶の中から鮮やかに呼び起こされる。

　マヨイガの隣に建つ、クリーム色の外壁の鉄筋コンクリートの建物も、縁は知っていた。震災が起こる数か月前に休業になった陸前高田《りくぜんたかた》のユースホステルだった。

「そんな、まさか……嘘だろ。高田松原……？」

　吸い寄せられるようにふらふらと、松原へと向かって行きそうになる縁の腕を蛟が摑《つか》んで引き止めた。思わず顔をしかめるほどに強い力だった。

「バカ、迂闊《うかつ》にあちこち出歩くんじゃねえ」

「だって、ここ……」

　それでも夢うつつのような表情で呟《つぶや》いていた縁だったが、突然何かを思い出したようにマヨイガの中に取って返す。

　海水と砂で汚れた足のまま、幾度も滑って転びそうになりながら常居《じょい》を突っ切り、枕元に転がっていたスマートホンをひったくるようにして手に取った。

　そこに表示されていたデジタル表示の日付は——　2011/03/11　14:00　——

あの大震災が発生する直前だった。


　視界が暗くなる。

ざあっと音を立てて、血の気《け》が引いていくような気がした。

脱ぎ散らかしていた服の山の中から、震える手でパーカーを引っ張り出す。それに腕を通しながらスニーカーをつっかけ、また外へ飛び出していこうとしたところで、戻ってきていた蛟の胸にぶつかった。

「どこ行く気だ」

「決まってるだろ！　母さんを助けに行くんだよ！」

こうして喋《しゃべ》っている時間も惜しい。

かつて母とふたりで住んでいた家があった場所へ行こうとする縁のパーカーのフードを、蛟はすかさず捕らえた。力任せに引き寄せられ、後ろから肩に腕を回して取り押さえられる。

その手を振り払おうとして、縁は激しく暴れた。

「何すんだよ！　放せよ！」

「駄目だ」

「どうしてだよ！　もしマヨイガが過去に移動したんだったら、母さんを助けられるかもしれないんだぞ！」

「だからだ。マヨイガの管理人は、自分の勝手で生死に介入してはいけない掟《おきて》なんだ」

「そんなの知るか！　こっちはまだ見習いだ！」

「同じことだ」

蛟は翡翠色の目を苦しげに細めた。

「じきにおまえにもわかる。いくら足掻《あが》いても管理人の掟は絶対だ。運命までは変えられない。母を失う悲しみを、二度も味わうつもりか」

「放せよッ！　蛟は自分の母さんじゃないから、そんな風に言えるんだろ！」

縁は必死に暴れ続けるが、細身の見た目に反して蛟の力は強い。

勢い余って、縁はフードを握る蛟の手の甲に爪を立てた。

ガリッと鈍い感触がして、指先が滑る。

自分の手を伝う蛟の血の赤さが、沸騰しかけていた縁の頭に、いっとき冷静さを取り戻させた。

「あっ……ごめん……」

「おれのときもそうだったんだ」

肩に回された蛟の腕に力がこもる。

縁の肩に、蛟は額を押し当てた。

「おれも昔、目の前で母親を亡くしてる。おれにもっと力があったなら助けられたのかもしれないのに、できなかった」

背中越しに、蛟の心臓の鼓動が伝わってくる。

蛟は長く息を吐いた。

「だけど、それから何年かして、おれを乗せたマヨイガは何の前触れもなく出現したんだ。母さまが死んだその日、その場所に。掟を知ってはいたが、おれは母さまを助けようとした」

「まさか」

体を捩《よ》じる。縁よりわずかに背の高い蛟の顔が、すぐそこにあった。

硬質な輝きを宿した翡翠の双眸が、生気のない鉱物のようにも見える。

「そう……。無駄だった。結局、おれは目の前でもう一度、母さまを失ったんだ」

のどに冷たい金属の塊《かたまり》を突っこまれたみたいに、体の奥がずんと重く冷えた。

「おれは……おれは蛟とは違う。おれは母さんがどうなったのかを見てない。行方不明なだけで、助かってるかもしれないじゃないか。もし、もし本当に死んじゃってるとしても、せめて見つけられるかもしれないじゃないか」

「駄目だ。おまえにあのときのおれと同じ思いをさせるわけにはいかない」

「どうしておれのすることに、いちいち蛟の許可が必要なんだよ！」

縁は吠えた。

蛟の手を引き剝《は》がそうと摑《つか》んだとき、耳元で小さく蛟が息を吞むのがわかった。

無我夢中で傷のある箇所を摑んでしまったと知ったのは、ぬるりとした血の感触が指先に伝わってきたときだった。

けれど今の縁には、蛟を気遣う余裕はなかった。

蛟の力がゆるんだ隙に腕を振り払い、土間に停めておいた自転車に跨《また》がって、マヨイガを飛び出していった。

「ユカ！」

背中に蛟の声が追いすがる。

「忘れるな！　おれは待ってる！　ここで待ってるからな！」

2

自転車を立ち漕《こ》ぎして、昔住んでいた家があった一角へと縁は急いだ。

かつては毎日のように歩いていた道や街並みが、両脇を流れてゆく。

行き交う人々の表情は明るく穏やかで、水産物の加工場からは湯気が立ち上り、人々や車が出入りして活気に溢《あふ》れていた。

遅い昼食をとる人々が集う飲食店からは、焼き魚の匂いが道端にまで漂《ただよ》ってきている。

店の裏手では、おこぼれにあずかった野良猫たちが食事の真っ最中だった。

いずれも、もう存在しない風景だ。

歯を食いしばって溢れそうになる涙をやり過ごし、縁はペダルを踏んだ。

市役所の横を通り、少し走ると静かな住宅街に入る。

シングルマザーだった母と二人、慎《つつ》ましく暮らしていた平屋の借家も見えてきた。

ぎりぎりまで全力で飛ばしていたところに急ブレーキをかけたせいで、ギギギーッとパッドが耳障《みみざわ》りな音を立てる。

タイヤがスリップしてつんのめりそうになりながらも、かつての自宅の玄関先で、縁はハンドルを放り投げるようにして自転車から飛び降りた。

「ごめんくださーい！」

焦《あせ》りが先走って、チャイムを荒っぽく連打する。

けれどいくら押しても、返答はない。

それどころか家の中に人がいる気配がしなかった。

「おーい兄ちゃん、そこの家の人なら、出かけたみたいだよ」

背中にかけられた太い男性の声に、ぜいぜいと肩で息をしながら縁はふりむく。

声の主は、向かいの家の庭先にいた男性だった。

敷物を広げて折りたたみ式の椅子に座り、魚網の修理をしているようだ。捲《まく》った袖から覗《のぞ》く逞《たくま》しい腕も、煙草《たばこ》を咥《くわ》えた顔もよく日に焼けている。

その男性を縁は知っていた。平安丸《へいあんまる》という小型漁船に乗っている漁師だ。

売り物にならない魚介を持って帰ってきては、縁たち親子の夕食用にとおすそ分けしてくれた人だった。休みや時化《しけ》で漁に出られない日には、よくキャッチボールなどをして遊んでくれたりもした。縁にとっては、兄のような存在だった。

思い出がよみがえる。

懐かしさで、鼻の奥がしびれるように痛くなった。

そういえばこの人は、震災の後どうなったのだろう。自分のことで精一杯で、縁はこの男性の消息を知らなかった。

縁は手の甲で汗を拭《ぬぐ》うふりをして、目をごしごしと擦《こす》った。

「あっ、あのっ……ここのうちの人、どこに行ったか知りませんか？」

漁師は煙草を指に移す。

「澪《みお》ちゃんに用かい？　澪ちゃんなら、息子さんを捜しに行くって言ってたけど」

澪というのは縁の母の名だ。

「えっ？　息子さんって、おれ……じゃなかった。縁くんのことですか？」

「そうそう。何でも、時間割通りならとっくに帰ってきてるはずなんだけど、今日は遅いって言っててねえ。いつも遊んでる辺りを捜してみるって言ってたけど」

「そんな……」

一気に体の力が抜けた。膝からくずおれそうになる。

けれどこうなった以上、ぐずぐずしている時間は一秒だってない。

縁は自転車を起こすと、跨った。

「あっ、ちょっと兄ちゃん！」

その背中にまた漁師が声をかける。

ペダルに片足を乗せたまま、縁はブレーキをかけてふりむいた。

「あんた、澪ちゃんのところの親戚か知り合いかい？　もし澪ちゃんが帰ってきたら、伝言しておこうか？」

「いえ、大丈夫です。……ありがとうございました」

焦ってペダルを漕ぎ出そうとして、思い留まる。

二回目のブレーキの音に、漁師は怪訝そうに縁を見た。

「もうすぐ、この辺りを大きな地震が襲います。そうしたらここまで津波が来ます。だから地震が来たら、とにかく急いで高台に逃げてください。できれば今すぐにでも」

「……あんた、いきなり何を言ってるんだい。縁起でもない」

それまで柔和だった漁師の顔つきが険しくなる。

「どこから来た子か知らないが、大人をからかうもんじゃないよ」

「おれ、こんな頭だし、いきなり出てきてこんなこと言って、変に思うかもしれないですよね。でも本当なんです。おれのこと、嘘つきだと思っててもいいから、地震が来たら逃げて。絶対に……絶対に、平安丸の様子を見に海に行ったりしちゃ駄目だからね！」

漁師の指から、煙草がぽろりと落ちた。

「あんた……どうしておれの船の名前、知ってるんだ？」

縁は答えずにペダルを強く踏みこみ、マヨイガのある海辺を目指すのだった。

＊

高田松原へ近づくにしたがって、ユースホステルのクリーム色の外壁が見えてきた。その傍に、まるで昔から建っていたかのような風情でマヨイガが鎮座《ちんざ》している。

母が向かった先は正確にはわからなかったが、あの頃、今日はどこで遊んできたのか、どんなことがあったのか、夕食の席で縁は毎日話して聞かせた。それを母はいつもうんうんと笑って聞いていてくれたのだ。

だからきっと母なら、縁のお気に入りの遊び場だった松原に行くと思ったのだ。

縁はまた自転車から飛び降りて、松原に駆けこんだ。

高田松原は二キロに渡る広大な松原だ。この中でたった一人の人間を見つけるのは容易なことではない。

「母さーん！」

圧《の》し掛《か》かってくるように空は暗く、雲は厚く重苦しい。その緞帳《どんちょう》のような雲へ、縁の叫びは吸い込まれてゆく。

風に交じる雪の粒は、時間を追うごとに大きくなり、容赦なく頬《ほお》を打ち、目に入っては痛みをもたらした。

松原は静まり返っていて、ひと気はない。

縁は息が続く限り叫び続けた。汗みずくの体から、白い湯気が立つ。

そのときだった。

ざわり、と松葉が騒いだ。

どんと体を横から突き飛ばされるような揺れに、縁は思わず足を止める。続けざまに、立っていることができないほどの強い揺れが辺りを襲った。

縁は必死で松の幹にしがみつく。

見えざる手が大地を摑んで、強く揺さぶっているようだった。

海や風が、おうおうと悲鳴を上げているように聞こえる。

途方もなく長い時間に感じられた揺れが収まったとき、辺りに漂っていたのは不気味なまでの静けさだった。

このあと、この一帯が見舞われる運命を縁は知っていた。

不気味な静寂を裂いて、縁は走った。

一縷《いちる》の望みをかけて、マヨイガへ。

出るときには気づかなかったが、屋根つきのマヨイガの門が砂浜に刺さっていた。門全体が大きく斜めに傾《かし》いでいるのは、さきほどの揺れのせいだろうか。門の向こうに建つマヨイガは、幸いにも損傷している様子はない。

「福！　蛟！　じいじ！」

縁はほとんど転がりこむかのような勢いで、玄関の戸を開けた。


「あら、驚いた。今日はお客さまが多いわね」

常居の炉端《ろばた》に座って、玄関先に立つ縁に視線を向けたその美しいひとを、初め縁は蛟だと思った。

けれどそうではなかった。

萌黄色《もえぎいろ》の和服を纏《まと》ったそのひとの、胸から腰にかけての柔らかな曲線は、明らかに女性のものだ。しかも腹部が子どもの頭ほどの大きさに膨《ふく》らんでいる。そこには腹を支えるように白い布が巻かれていた。

だがそれでも、体を巡る血の流れさえ透けてしまいそうに白い肌に、微笑《ほほえ》みの形を作るやや薄い唇、床まで流れ落ちる長く豊かな黒髪、そして何より、縁を見つめる宝玉のような翡翠色の瞳――それらのどれもが、蛟と瓜二つだった。

（おれ……この人を知ってる）

七年前の記憶が、波のように押し寄せてくる。あの日、花の香りに満ちた古い家で、縁を迎え入れてくれた美しい親子。肩のあたりで切りそろえた黒髪の少女に、母さまと呼ばれていた女性だった。

女性は、ふわりと笑った。

「こちらにいらっしゃいな。ちょうど今、もうひとりのお客さまに甘酒を作っていたところなの」

「もうひとり……？」

玄関先に突っ立ったまま縁が首を傾げていると、柱の陰からひょっこりと小さな顔が覗いた。小学校低学年くらいの女の子だった。

ショートカットの毛先はどこか不揃いで、頬は林檎《りんご》のように赤い。黒く大きな瞳が印象的だ。今ではあまり見られないような、極太の毛糸で編まれた厚ぼったいセーターを着ている。

その少女の顔を一目見たとき、縁は既視感に襲われた。

（この子、どこかで会ったっけ……？）

「ほら、早くおいでなさいな。いつまでもそんなところにいると、外の冷たい風が入ってきて寒いのよ。この子も風邪を引いてしまうわ」

女性に急《せ》かされて、縁は慌《あわ》てて扉を閉める。

いつものようにするすると閉まらず、桟《さん》に引っかかる重い手応えで、ようやく縁は気がついた。ガラスのはまった引き戸だったはずのマヨイガの玄関扉が、板戸になっている。

「……まさか」

ジャージの尻ポケットからスマートホンを引っ張り出す。

焦るあまり、ポケットの縁《ふち》に引っかかって手から滑り落ち、ガシャンと派手な音を立てて床の上を転がった。

こわごわ拾い上げるが、幸いにも画面は割れていなかった。圏外とだけ表示されたその画面には、まるでここだけ時が止まってしまったかのように、日付も時間も表示されていない。

けれどこれが夢ではない証《あかし》に、スマートホンを握る縁の爪の間には赤いものが見えていた。マヨイガを飛び出してくるとき、止めようとした蛟と揉み合いになって、蛟の手に爪を立てたのだ。そのとき、蛟の血が爪の隙間に入ったのだろう。

縁はおずおずと屋敷の中に上がる。

ぎしぎしと板の間を鳴らしながら進む間にも、周囲を見回した。心なしか、縁が住んでいるマヨイガより、天井や柱を染める煤《すす》の色がまだ薄いように見える。

いつも炉端の座布団の籠に収まっている、無骨な表情の木彫りのかまど神の面もいなければ、元気に駆け回っている狸《たぬき》姿の鉄瓶《てつびん》の付喪神《つくもがみ》の姿もなかった。

「あの……」

「なあに？」

囲炉裏の自在鉤にかかった鉄鍋の中をかきまわしながら、美貌の女性は答えた。

さきほどの少女は、突然現れたプリン頭の青年に怯《おび》えたように、女性の後ろに隠れるようにしてくっついている。

「心配しなくていいわよ。このお兄ちゃんは、あなたと同じ迷子なの。ちょっとここで休憩していくだけだから」

「迷子……？」

おうむ返しに呟く少女に頷いて、女性は縁に敷物に座るよう勧めた。

「ここって、マヨイガ……なんですよね」

「あら、よく知ってるわね。そうね、いつからかそう呼ばれているみたいね」

「あなたは、マヨイガの管理人なんですか？」

女性は手を止め、ちらりと目線だけを動かして縁を見る。

「ええ、今は私がそうよ。私の名前は森羅《しんら》というの。あなたは？」

「ユカ……みんなはそう、呼びます」

少女を怖がらせないように、縁は囲炉裏を挟んで女性の正面に腰を下ろした。

「おれは、マヨイガに住んでます。管理人になれ、って頼まれて」

「あら、そうなの」

「でもここは、おれが住んでるマヨイガとは違う……ように見えます。何て言うか、もっとずっと、昔のマヨイガみたいな……」

正座の膝上に置いた手に、力がこもる。

森羅は口元にやわらかい笑みを浮かべたまま、縁を見ていた。

「……マヨイガって、何なんですか」

「正直なところ、私にもよくわからないの。人が作った家が古びて付喪神になったという者もいれば、そうではなく神霊に近い存在だという者もいるわね」

森羅は木製の茶碗に甘酒を注ぐ。

炉端に置いた茶碗を、そっと縁に向けて押し出した。縁は礼を言って手に取る。

甘酒の甘さは、さんざん駆け回った体の隅々にまで沁《し》みわたるようだった。

またその味は同時に、どこかくすぐったいような、懐かしいような思いを呼び起こすものだった。

知らず、長く尾を引くため息が漏れる。

「マヨイガは、時を超えて旅することもあるの。ユカ、もしかしてあなたは遥か昔のマヨイガに迷い込んだのかもしれないわね。あなたの着ているものも、その奇妙な薄い箱も、この辺りでは見たことのないものだもの」

「……おれは、元いた場所には戻れないんでしょうか」

もし戻れなかったらと思うと、甘酒で温まったばかりの体がまた冷えていくようだ。

「どうしても、元の時代と場所に、戻らなければいけないんです」

森羅は翡翠色の目を細める。

「ごめんなさいね。私には何とも……」

穴が開いた砂袋から砂がこぼれ出すように、全身から力が抜けていくような気がした。

森羅は傍《かたわ》らの少女にも甘酒を取り分ける。

赤い頬の少女はおそるおそる椀の中身を吹いて冷ましながら、口をつけた。少し飲んでみて気に入ったのか、んくんくと赤子のようにのどを鳴らして飲み干し、お代わりをねだる。森羅は微笑んで注ぎ足してやった。

「その子も、おれと同じところから迷いこんだのでしょうか」

「さあ……。そうかもしれないし、そうではないかもしれないわね」

「こういうことって、よくあるんですか」

「そう多いことではないけれど、珍しくはないわね」

森羅はことものなげに言う。

「マヨイガが次にどこへ出現するのか、基本的には管理人にもわからないし、管理人にはマヨイガの行き先を決めることはできない。管理人のいちばん大切な仕事は、物言えぬマヨイガに代わって、訪れる迷い人をもてなすことだから。迷い人をもてなし、その迷いを昇華するお手伝いをするの」

縁は思い出す。そう言えば、少し前に蛟もそんなことを言っていた。

「今……マヨイガで一緒に住んでいるひともそんなことを言ってました。マヨイガがそう呼ばれるのは、自分自身がふらふら放浪するせいもあるけど、それだけじゃないって。ここには道に迷った人が引き寄せられてやって来るって」

「そのとおりよ。マヨイガは深い迷いを抱えた者と引き合うの」

森羅は我が子にするような手つきで、少女の髪を撫でる。

甘酒で体が温まったせいか、いつの間にか少女は女性の膝枕で、すうすうと静かな寝息を立てていた。

「深い、迷い……ですか」

「そうよ。ユカ、あなたにも心当たりはないかしら」

まだ雪が散らつく三月上旬の寒い日、マヨイガに住むきっかけとなった、不動産屋の貼り紙を見つけたときのことを思い出す。

まだあれから一か月弱しか経っていないのに、もう随分と昔のことのような気がした。

あの頃、縁は清水家を出ることばかりを考えていた。自分が存在していても許されるところ、安心して帰ることができる場所を探していたのだ。

そういう意味では、迷子と似たようなものだったといえるのだろう。

「私はね、このマヨイガに辿《たど》りついたとき、重傷を負っていたの。私の一族はちょっと特殊でね。死ぬと、この瞳が固まって宝玉になるの。その石は闇市場では高値がつくから、狩人たちに追い回されていたのよ。仲間とはぐれ、息も絶え絶えになって倒れた先が、マヨイガの庭だった」

さらりと告げられる事実は重かった。

二の句が継げずにいる縁に微笑んで、森羅は続ける。

「あの頃、私は生きることに倦《う》んでいた。敵に捕まった仲間を見捨てて逃げてしまったことを、とても後悔していたの。自分の腹に新しい命が宿っていることは知っていたけれど、捕まって売られるくらいなら、いっそこの子ともども……そう思っていた」

大きく膨らんだ腹のあたりを、森羅は愛おしそうにさする。

「だけど幸い、マヨイガの中までは、狩人たちも入っては来られないようだった。でも私の心は晴れなかった。当時、仲間を見捨てて生きのびたことで、私は押し潰《つぶ》されそうな罪悪感を抱えていたから。でもここで傷を癒しながら、時折訪れる客人をもてなして穏やかな日々を過ごすうち、私の心は変わっていったの」

「変わった？　考え方が、ってことですか」

「えぇ。マヨイガの管理人はね、迷い人を救うだけじゃないの、迷い人によって、救われてもいることに、私は気がついたの」

森羅は少女の頭を撫でながら笑った。

「あるとき、ここを訪れた迷い人が去り際に言ったの。『あなたが生きのびたのは、その先であなたを待つ誰かがいるからだ。少なくとも自分だったら、仲間が生きのびてくれて嬉しいと思う。自分のことを覚えている仲間がいるってことは、自分が生きた証が残っているってことだから』って」

森羅の話を、縁は自分と重ね合わせて聞いていた。

母を亡くし、多くの人たちが亡くなったのに、生きのびてしまった自分。

だけど福もじいじも智明も、縁がいてくれてよかったと言ってくれる。

蛟だって口は悪いが、数えきれないくらいに助けてくれた。

「迷い人の悲しみに寄り添い、迷いから抜け出す道をともに探すうちに、管理人も自らの迷いを昇華しているのよ。もしかしたらマヨイガは、そんなことを見越して管理人を選んでいるのかもしれないわね。管理人でなくなるときは、本当の意味での迷いが消えたときなのかも」

「マヨイガの管理人って、マヨイガが選ぶんですか」

「そうね。たいていは前任の管理人がいるうちに、次の候補がやってくるわ。そうして引継ぎがされるの。私のときもそうだった。ユカ、あなたは違うの？」

「おれは、空き家を紹介するって言われて来てみたらマヨイガだったんです。……あ、でも紹介してくれたおじいさんが、『管理人はいる』って言ってました。一緒には住んでないけど」

「それはおかしいわね」

森羅は顎《あご》に手を当てて、じっと縁の目を見た。縁は目をしばたく。

「え？」

「管理人は、マヨイガから離れて暮らすことはできないの。マヨイガがそうさせないから。マヨイガから出ていくのは、管理人を辞めたときよ」

「それって……」

急速に口の中が乾いてくる。

ごくりと唾を飲み下して、ようやくの思いで言った。

「それって、今のマヨイガの住人の中に、管理人がいるってことですか？」

「おそらくね――」

言いかけた森羅の表情が、不意に強ばる。

何ごとかと身構えた縁の耳に届いたのは、パリン……という微《かす》かな音だった。

森羅は素早く腹の辺りで結んでいた白い布を解く。布の中から現れたのは、人間の手のひらでようやく包みこめるほどに大きな、翡翠色をした卵だった。そのつるりと滑らかな表面にはヒビが入り、殻の一部が割れている。

ぎょっとして身を引いた縁に対し、女性は嬉しそうに頬をゆるめて、殻の表面を撫でた。

「嬉しい。ようやく孵化《ふか》が始まったのね」

どうやら女性の腹が膨らんでいるように見えたのは、ずっと卵を温めていたせいだったらしい。

殻の割れ目からぐいぐいと頭を押し出すようにして現れたのは、翡翠色をした蜥蜴《とかげ》のような生き物だった。胴体が細くすらりと長い体は、どちらかというと蛇に近いかもしれない。

「私の蛟《みずち》。いい子ね、頑張るのよ」

愛しそうにその生き物を撫でる森羅に、縁は首を傾げる。

「蛟?」

今、確かにこの女性は、『蛟』と口にした。

「蛟って、どういう意味なんですか?」

「蛟というのは私の仲間たちの子どもをさす言葉よ。人間でいうところの赤子とか、ひよっこってところかしら」

「それじゃ、森羅さんは……」

「私は人間ではないの。青龍の一族よ」

森羅は隠そうともせずに、さらりと告げる。

縁は思い出していた。

不来方《こずかた》鋳房《ちゅうぼう》の近くには、『青龍水』や『青龍の池』と呼ばれる水場が多い。盛岡やその近郊には、古来より青龍が棲む水辺が多く存在していたといい、今でも随所に伝承が残っているのだ。

欲にかられて手を出せば、怒りのあまり村ごと洪水で押し流されたという話もあれば、日照りのときには池に鯉《こい》を捧げて願えば、雨をもたらしたなどという話もあった――

「ピイ、ピイィ」

鳥の雛《ひな》のような鳴き声を上げながら、蛟は懸命に体を捩《よじ》って殻の割れ目からついに全身を引っ張り出した。卵を包んでいた白い布の上で、体を震わせて殻のかけらを振り落としたかと思うと、よたよたと歩き始める。

人間の指ほどしかない四肢や、女性の手首ほどの太さの胴体には、細かな鱗がびっしりと生えているが、まだ柔らかそうだ。

濡れた瞳はまさに宝玉そのものといった美しさで、一点の曇りもなく透き通っている。縦に長い瞳孔が、周囲の明るさを敏感に察知して太くなったり細くなったりしていた。

漆黒のたてがみは濡れて背に貼りついていたが、乾くにしたがってしなやかさを取り戻していく。

生まれたての蛟は、覚束《おぼつか》ない足取りで炉端を歩き始めた。

と、その体がぐらりと傾き、熱い灰の中へ落ちそうになる。

咄嗟《とっさ》のことで森羅も「あっ」という顔になったが、膝に少女が寝ているせいで、伸ばした手が届かない。

「危ないっ！」

ほとんど反射的に縁は両手を差し出していた。

その手のひらに、ころりと龍の子どもは転がり落ちてくる。

まるで縁に助けてもらったのがわかっているかのようにピイと嬉しそうに鳴くと、蛟はそのまま縁の腕をよじ登り始めた。

「助けてくれてありがとう。あなたのことが気に入ったみたいね」

どうしていいかわからずに縁は硬直するが、森羅は止めるどころかくすくすと楽しそうに笑っている。

その騒ぎに、森羅の膝で眠っていた少女が目を覚ました。

縁の腕にしがみついている翡翠色の生き物に気がついたらしく、目を丸くする。

虫や爬虫類が苦手な女の子は多い。怖がって騒ぎ出しやしないかと縁は青くなったが、それは杞憂《きゆう》に終わった。

「うわあ、かわいい」

少女は怯えるどころか、自分から近寄ってくる。

普段からこういうものによく行き会うような土地柄で暮らしているのか、それとも元からの性分なのか、なかなかにたくましい子だ。

そろそろと伸ばす右手の、厚ぼったいセーターから覗く手首には、ふたつ並んだ黒子《ほくろ》があった。

「触ってもいい？」

少女は縁に向かって尋ねる。どうやら蛟を腕にとまらせているせいで、縁のものだと思ったらしい。縁は焦った。

「えっ？　おれ？」

「いいわよ。ただし、やさしくね」

意外にも、森羅はそう答えた。

少女は蛟をそっと指先でつつく。すると蛟は少女の腕に飛び乗った。きゃあと楽しそうな声が上がる。

「大丈夫なんですか？」

「ええ。見た目よりもずっと強いわよ。自然の中では、卵から孵《かえ》ってすぐに、ひとりで生きてゆかなければならないから」

少女は蛟にすっかり夢中で、縁たちの会話はまったく耳に入ってこないらしい。

「この子はね、両親と一緒に暮らしたことがないんですって。小さい頃に両親は離婚して、母親が引き取った末に育児放棄したせいで、しばらくは施設で暮らしていたらしいの。一人暮らしをしていた祖母がそれを知って、彼女を引き取って育ててくれたそうよ」

「森羅さん……離婚とか、施設とかって知ってるんですか？」

縁は目を見張った。

どう考えてもそれらは現代社会の用語だ。ここがいったいどれほど昔のマヨイガなのかは知れないが、一般的な言葉ではないだろう。

「言ったでしょう。マヨイガには色々な迷い人が来るのよ。どんなものかは実際のところはわからないのだけれど、迷い人たちに聞いて、だいたいの意味は知ってるの」

ということは、今後、管理人としてやっていくとしたら、おそらく自分と同じ時代に暮らす人間以外の者もやって来るということだろう。

そう考えると、めまいがしそうだ。

「だけどその祖母もこのところ体調を崩しがちで、彼女はそれを気に病《や》んでいる。自分が率先して祖母の元を離れて施設に入れば、きっと祖母は余計なことで心を煩《わずら》わせずにゆっくり治療に専念できる。この子はそう考えているの」

「そんな……それじゃまたこの子はひとりぼっちになって寂しい思いをするんじゃ……」

「そうね。でもこの子はそういう子なのよ」

そのとき、遥か上空で鳥が鳴き交わす声がした。

ハッとしたように少女は顔を上げる。

いつの間にか、障子の向こうからこぼれてくる光は、茜色《あかねいろ》に染まっていた。

「おうち、帰る」

焦ったように少女が立ち上がったので、蛟は彼女の膝からころころと転がり落ちた。悲しげにピイピイ鳴きながら、縁の膝によじ登ってくる。縁は指先でその背中を撫でて慰めた。

「お待ちなさいな」

森羅は、少女を呼び止める。

常居の隅に転がしていたランドセルと帽子に手をかけた少女は、そのままの姿勢で固まった。

「あなたはまだ、迷いを昇華していない。それをマヨイガは残念に思っているの。だからあなたのために何かしてあげたいって思っている。マヨイガはお節介焼きなのよ」

「あたしの、ため？」

きょとんとした顔で、少女は森羅を見返す。

「ええ。あなたには幸せになってほしいの。マヨイガも、私もね」

「幸せ？」

「そうよ」

「幸せになるって、どんなこと？」

少女は首を傾げた。

森羅はその頭をやさしく撫でる。

「例えばあなたはどんなときに嬉しいな、楽しいなって感じるかしら」

「えーっとね、おばあちゃんとおいしいご飯を食べてるとき！」

「じゃあ、おばあちゃんとずっと一緒にいられることが幸せかしら？」

だが少女は、その言葉には頷かなかった。

「おばあちゃんとはずっと一緒にいたいけど……それだとおばあちゃん、困っちゃうから」

「わかったわ。じゃあ、こうしましょう」

言いながら、森羅は自らの長い黒髪を結わえていた赤い紐を解くと、少女の手をとってそれを握らせた。

「あなたの願いごとが決まったら、これに呼びかけるといいわ。いつでもマヨイガの管理人が聞いているから。忘れないで、あなたは決してひとりぼっちじゃないの」

承諾のように少女が強く握りしめたその紐を見て、縁の心臓が跳ねる。

鮮やかに思い出されるのは、母がいつも右手に結んでいた赤い紐のミサンガ。

森羅が渡した紐はそれに酷似していた。

「うん、わかった」

少女は赤い紐を握りしめたまま、勢いをつけてランドセルを背負い、帽子を被った。その帽子の縁に油性ペンで書かれた名前に、目が釘付けになる。

――すぎうらみお。

それは忘れもしない、母の名だった。

紐を握る手首には、ふたつ並んだ黒子。

「まさか、母さん……？」

呟いたその声は低く掠《かす》れ、ほとんど吐息のようで、家路を急ぐ少女には届かなかった。

「ばいばい、おばちゃん、お兄ちゃん。またね」

ぶんぶんと音がしそうなほどに手を振りながら、少女は門を潜《くぐ》り、駆けて行った。

呆然とその小さな背を見送る縁の後ろに、そっと森羅は立つ。

少女が去っていった方向を見つめたまま、縁はひとりごとのように呟いた。

「母はいつも、あの赤い紐を手首に結んでいました。『願いごとがかなうおまじない』だって言って。どんな願いを託したのか、おれには絶対に教えてくれなかったけれど」

ふりむく縁を見つめる森羅の表情は、どこまでも穏やかだった。

「母は願いを……決めたんでしょうか」

「ええ」

マヨイガの管理人は、頷く。かなしいほどにやさしい笑顔で。

「そのためにあなたは、ここに呼ばれたの」

ごおっ――と松原をゆく風が鳴いた。

3

質素な借家の一室で、若い女性が赤ん坊をあやしている。

縁は部屋の隅に影のように佇んで、その光景を見つめていた。

女性の腕の中の赤ん坊は、むきたてのゆで卵のようなふっくらとした頰に満面の笑みを浮かべ、きゃっきゃと楽しそうに声を上げている。

この赤ん坊にとって、この世界はまだ光と愛に満ちた存在であるに違いなかった。

その部屋の壁も畳の色も家具も、縁にとってあまりに見慣れたものだった。近所の食堂から漂う匂いや、母が干す洗濯物の匂い。猫の額ほどに狭いが、母が丹精込めて野菜を育てている庭の土の湿った匂いなどが、ありありと記憶の中からよみがえってくる。

抱いた赤ん坊を揺らしながら、母は右手のミサンガを指先でそっと撫でた。

『私は祖母を看取《みと》ることができませんでした。だから、今はこの子――縁が私の全てなのです。もし私に万が一のことがあっても、縁だけは元気に育ちますように。縁の身に危険が迫ったときには、どうかこの子を守ってください』


「マヨイガは――その願いを、受け取りました」

森羅の声で、縁は我にかえる。

目の前に広がっていた光景は、霧が晴れるように散って消えた。

縁が立っているのは、マヨイガの炉端だった。鉄鍋に残った甘酒が、ふつふつと音を立てている。

「あなたの故郷を地震と津波が襲った日、あなたがマヨイガにいたのは偶然じゃないの。澪の願いをかなえるために、マヨイガが呼んだのよ」

「それじゃやっぱり……おれが子どもの頃に迷い込んだあの古い家も、管理人になってくれって頼まれたマヨイガも、今おれがいるここも……全部同じマヨイガだってことですか？」

「ええ、そうよ」

糸の切れた操り人形のように、全身の力が抜けた。

これ以上は立っていられなくて、ふらふらと床にへたり込む。

「お、おれ……街が震災と津波に襲われている間、自分はのん気に道草を食って、挙句にたまたまマヨイガに迷い込んだせいで、助かったんだって思ってました。おれなんかが生き残るより、母が助かった方がよかった。おれひとりだけ生き残っても辛くて苦しいだけだって、思ってました」

声が、湿ってかすれた。

陸にいるのに、溺《おぼ》れているみたいに胸が苦しい。

こみ上げてくるものでのどが詰まって、息ができない。

「あなたにはもう、答えが出ている。自分がどうしたいのか、これからどうしなければいけないのかも知っているはずよ。私にはわかるの。マヨイガの管理人ですもの」

縁は目を瞬《しばた》く。

（おれの中で、答えは出ている？）

「おれは、生きててもよかったんですか……？」

「あたりまえじゃないの」

たった今、夢から覚めた幼子のように呟く縁にふふっと笑って、森羅は縁の金と黒が混じった髪をやさしく撫でる。

「あなたを待ってる人はたくさんいるわよ。みんなの声が、聞こえないかしら？」

「みんな……？」

「ただひとつ困ったことがあるのよね。どうやら今の管理人は、あなたを次の管理人にすることには反対らしいの。あなたのことが心配でたまらないみたいね」

「今の、管理人？　反対？」

縁は首を傾げる。

けれどすぐさま、あるひとつの予感がほとんど確信に近いものを伴って浮かんできた。

「もしかして、今の管理人って……」

森羅は花がほころぶように笑って、頷く。

「私の蛟のこと、よろしくね、ユカ。また会いましょう」

森羅は立ち上がり、縁に背を向けると、マヨイガの玄関へ向かって歩き出す。

反射的にその華奢《きゃしゃ》な背を縁は追いかけた。

「ちょっと、待っ――」

「ユカ！」

途端、聞き覚えのある声がした。

驚いてふりむいた縁が見たのは、必死の形相《ぎょうそう》で叫ぶ蛟の姿だった。

「早く来い！　波に飲まれるぞ！」

言われてさらにふりむけば、海の方から巨大な壁のような津波が、こちらに向かって迫ってくるのが見える。縁がいるのは砂浜のただ中だった。

傾《かし》いだマヨイガの門の前に立つ蛟の元へ、縁は砂浜を全力で駆けた。

しかし、襲い来る波の速度は縁の走る速さよりずっと速い。

追いつかれる、と思ったとき、マヨイガの手前で波がまっぷたつに割れた——ように見えた。

マヨイガに飛びこんだ縁の体を、蛟が受け止める。

最後に蛟と縁が見たのは、ふたりとマヨイガを守るように両手を広げて微笑む、光に包まれた女性たちの姿だった。


さようなら、私の愛しい息子たち。

どこにいても、あなたたちの幸せを祈っているわ——

＊

「まったく、さっさと管理人を譲って隠居したかったのによ。見習いが頼りないからまだまだ引退できそうにないぜ」

常居の炉端の入り口に一番近い定位置に陣取って、美貌の青龍は甘酒をすする。

「でも、無事に戻ってこれて良かったよ。一時は本気でヤバいなって思った」

湯上がりの濡れたプリン頭をタオルで拭きながら、縁は苦笑した。汗と潮の匂いでべとべとだった体も、風呂に浸かってすっきりしていた。

母を救えなかったことに変わりは無いが、それらも全て汗と涙と波で洗われてしまったように、不思議と縁の心は軽くなっていた。

自分が今ここに在るのは、決して偶然ではない。

母を含めて、自分を見守ってくれるたくさんの人たちがいてこそ今があるのだとわかったから。

「それに蛟がマヨイガの管理人だなんて、ずっと知らされてなかったんだから、ひどいよ」

「べ、別に騙《だま》してたわけじゃないぜ。おれが管理人かどうかなんて、訊かれなかったしな」

「ぼく、じいじが全部教えてるって思ってたよー。だって、ユカを最初にここに連れてきたの、じいじだもん」

あぐらをかいた蛟の膝の間にすっぽりと嵌《は》まってご機嫌だった福が、豊かな毛並みの尻尾を揺らしながら声を上げた。

(ん？　おれが最初にマヨイガに来たのって――)

縁が首を傾げていると、甘酒をすすりながら蛟が言った。

「そういや福、じいじはどこだ？　いつもの場所にいないみたいだけど」

「たしかにずっと見てないねえ。どこか出かけたのかな」

ごく普通に会話をする二人に、縁はぎょっとする。

「えっ、じいじってひとりで出かけることあんの？」

「そりゃあるだろ」

「どうやって？　福とか蛟が、こう持ってあげて？」

縁は木彫りの厳《いか》めしい顔をしたお面を両手で抱えるような仕草をする。マヨイガにいるときは、いつも縁を含めて住人の誰かがじいじを抱えて移動していたのだ。

けれど、福も蛟もきょとんとした顔だ。

「そりゃあ決まってるだろ、自分の足で――」

そこに、玄関扉が開く音とともに、聞き慣れた声がのんびりと響いてきた。

「ふぉっふぉっ。ただいまぁ。あいやー重がっだ重がっだ。つい買いすぎたじゃ」

縁は弾丸のように常居から飛び出す。

日本酒の一升瓶と大きな包みをいくつも提げて玄関先に立っていたのは、豊かな白いひげと眉毛の老人だった。

あんぐりと口を開けたまま、つい指差してしまう。

温かそうな毛糸の帽子をかぶったその老人に、縁は見覚えがあった。

「え、え？　不動産屋のおじいさん……ですよね？」

いまだ混乱する縁に、福が不思議そうに首を傾げる。

「もお、さっきから何言ってんの、ユカ？　じいじじゃん」

「ええーっ!?　じ、じいじ？」

老人は豊かな顎ひげを撫でつけながら、いたずらが成功した子どものように笑った。

「じゃじゃじゃ。ユカ坊おめはん、おべでねぇのが（知らなかったのか）」

「いや、そういえば前にじいじも人間に化けられるって聞いたような気がするけど！　だったらじいじも普段からその格好してたらいいじゃん！」

「人間の姿になるのは、この歳になるとこわい（疲れる）のす」

じいじは今さらながらに腰をとんとん叩く。

縁はのろのろとふりかえった。

その視線の先にいた青年の姿の物の怪――常居の戸口に寄りかかってこちらの様子を眺めていた蛟は、ぎくりとしたように体を引く。

「なっ、何だよ」

「いや、そう言えば蛟もそれさ……人の姿に化けてるんだよね」

「そりゃ、そうだけど……さっきから何だよ、藪《やぶ》から棒に」

「だってさ、昔のマヨイガで見た蛟はさ、こーんな小さい蛇みたいだったもん」

縁の目が急に輝き出した。

にじりよる縁に、蛟は顔を引きつらせてじりじりと後退した。

「青龍ってドラゴンってことだよね。今、もともとの姿に戻ったらどんな感じなの？」

「ユカおまえ、どうしたんだよいきなり……」

「いいじゃん。見せてよ」

「やだよ、めんどくせえ。それにおれは、こっちの格好の方が好きなの」

「ケチ」

「ケチじゃねえ。おまえ、ひとごとだと思って軽々しく言いすぎなんだよ」

「いいじゃん、ちょっとくらい」

「あーもう、鬱陶《うっとう》しいな！」

言い放つやいなや足音も荒く、蛟は雪駄をつっかけ、マヨイガの外へと出ていってしまう。

その作務衣の背中を見送っていた縁とじいじ、福は顔を見合わせて笑った。

小さいときの蛟はかわいかったから、女の子かと勘違いしていたことも教えてやろうかと思ったけれど、これ以上からかうのはちょっとかわいそうなのでやめておこう。

しばらくすると炉端には、日本酒の熱燗《あつかん》の香りと、炭火でじっくりと焼かれる魚の干物の香ばしい香りが漂い始める。その匂いにつられ、どこかでふてくされていた黒髪の青年が、こそこそと戻ってくるのだった。


ほんのちょっと前まで、自分がこんなふうに誰かとにぎやかに食事をするようになるなんて、縁には到底考えられないことだった。

でも今は、こうして温かい食事をともにする家族のような存在がいて、縁を必要としてくれている職場もある。

マヨイガの管理人見習いも、釜師の仕事も。

いろいろ頑張ってみたら、おれ、もっと変われるかな。

今みたいに助けてもらうばかりじゃなくって、誰かの助けになれるかな。

そうしたら、ちい姉にも、マヨイガのことや管理人のこと、ちゃんと話せるようになるかもしれない。ここのみんなのことや、もしかしたら——母さんのことも。

きっと、いつか。

あとがき

『迷い家の管理人』をお手に取っていただき、ありがとうございます。

このたび、ポプラ文庫ピュアフルのお仲間に加えていただけることになりました、藍沢羽衣と申します。生まれも育ちも東北の物書きです。

この本は、一人の孤独な青年が迷いながらも居場所を見つけていく物語です。

主な舞台は岩手県。主人公の縁《ゆかり》が現在暮らしている盛岡《もりおか》と、かつて暮らしていた三陸沿岸の陸前高田《りくぜんたかた》です。どちらも私にたくさんの思い出をくれた、大切な場所です。

東日本大震災では、私の家族は幸いにも無事でしたが、学生時代の友人を喪《うしな》いました。ほんの少し前の同窓会で笑って騒いで、またそのうち会おうと言ったのに、その日は二度と来ない現実……。あの日まで、災害はどこか自分には無縁のもののような気がしていました。けれどそうではないのだと、今このときの一瞬一瞬を、残された私たちは大切に生きねばならないのだと、強く感じるようになりました。

そんな私が三陸沿岸を訪れることができたのは、震災からだいぶ経ってからのこと。陸前高田の、森のように広大だった松原は消え、かつて夏休みに泊まったユースホステルもぼろぼろになっていました。付近には海水なのか、沼のように大きな水たまりができていて、その水面のところどころから、折れた松の根本部分だけが顔を出していました。

それらを眺めていたとき、私の胸の中に一人の子どもの姿が浮かび上がってきたのです。途方もなく巨大な姿で押しつぶされ流されて、冷たい水に浸《つ》かったまま、それでも必死に立っている、小さな後ろ姿が。

災害に限らず、己の無力さに心がすり減って、やりきれなくなることは、生きていれば誰にだってあると思います。頑張っていないわけじゃない。だけど、これ以上何をどう頑張ったらいいのかわからない。そんなとき、たった一人でも傍《そば》にいてくれたら。あたたかいお茶でもすすりながら、うんうんと話を聞いてくれる人がいたら、ただそれだけでどれほど心が休まるでしょう。頑張れないときは立ち止まってちょっと休んで、また元気になったら一緒に歩き出そう。そう言ってもらえるだけで。

物語というものは、孤独な誰かに寄り添える存在でありたい。辛《つら》さをひととき忘れさせてくれるものでありたい。『迷い家の管理人』は、そんな願いをこめて書きました。

作中で登場する盛岡の地名や名所などは、一部を除いて実在するものばかりです。もし盛岡や南部鉄器にご興味をもたれましたら、この本を片手に盛岡観光を楽しんでいただけましたら幸せです。まだまだ復興の途上にある三陸沿岸へもぜひ足を運んでいただいて、新鮮な海の幸を味わっていただけたら嬉しいです。東北には美味《おい》しいものがたくさんありますよ！

　つらつら書き綴《つづ》ってしまいましたが、わたくし藍沢という人間を一言で言い表すと、「美形とモフモフと妖怪と怪異が大好物の物書き」でございます！　この本には、そんな大好物がギュッと濃縮されて詰まっております。

　もしこれらのキーワードにピンとくるものがございましたら、どうぞそのままレジまで連れて行ってくださると、とても嬉しいです。

　物語の一シーンをそのまま切り取ったような美しい装画を描いてくださった蒼川わかさん、思わず手に取りたくなる素敵なデザインの本に仕上げてくださったデザインのbookwallさん、数々のお力添えをいただいたポプラ社のみなさん、本の完成までに携わってくださったすべてのみなさんに、心よりの感謝を申し上げます。

　二〇一八年三月　巡り来る春の喜びを全身で感じながら

藍沢　羽衣

本書は、書き下ろしです。

迷《まよ》い家《が》の管理《かんり》人《にん》

藍沢《あいざわ》羽《う》衣《え》

2018年5月5日初版発行

発行者……………長谷川 均
発行所……………株式会社ポプラ社
〒160-8565 東京都新宿区大京町22-1
電話……………03-3357-2212(営業)
03-3357-2305(編集)
振替……………00140-3-149271
フォーマットデザイン 荻窪裕司(bee's knees)
組版・校閲 株式会社鷗来堂
印刷・製本 凸版印刷株式会社

乱丁・落丁本は送料小社負担でお取り替えいたします。
小社製作部宛にご連絡ください。
製作部電話番号 0120-666-553
受付時間は、月～金曜日、9時～17時です(祝日・休日は除く)。

ポプラ文庫ピュアフル

ホームページ www.poplar.co.jp

N.D.C.913/280p/15cm
ISBN978-4-591-15878-4

イケメン毒舌陰陽師とキツネ耳中学生のへっぽこほのぼのミステリ!!

天野頌子

『よろず占い処　陰陽屋へようこそ』

装画：toi8

母親にひっぱられて、中学生の沢崎瞬太が訪れたのは、王子稲荷ふもとの商店街に開店したあやしい占いの店「陰陽屋」。店主はホストあがりのイケメンにせ陰陽師。アルバイトでやとわれた瞬太は、実はキツネの耳と尻尾を持つ拾われ妖狐。妙なとりあわせのへっぽこコンビがお客さまのお悩み解決に東奔西走。店をとりまく人情に癒される、ほのぼのミステリ。単行本未収録の番外編「大きな桜の木の下で」を収録。

〈解説・大矢博子〉

めっぽう愉快でじんわり泣ける――
期待の新鋭による人情妖怪譚

小松エメル
『一鬼夜行』

装画：さやか

江戸幕府が瓦解して5年。強面で人間嫌い、周囲からも恐れられている若商人・喜蔵の家の庭に、ある夜、不思議な力を持つ小生意気な少年・小春が落ちてきた。自らを「百鬼夜行からはぐれた鬼だ」と主張する小春といやいや同居する羽目になった喜蔵だが、次々と起こる妖怪沙汰に悩まされることに――。あさのあつこ、後藤竜二両選考委員の高評価を得たジャイブ小説大賞受賞作、文庫オリジナルで登場。

〈刊行に寄せて・後藤竜二、解説・東雅夫〉

ポプラ文庫ピュアフルの好評既刊

引っ越し先は地下にどんどん深くなるアパート!?
大学生カズハの、奇想天外で前途多難な新生活！

蒼月海里
『地底アパート入居者募集中！』

装画：serori

ネットゲームばかりしているために家から追い出された大学生、葛城一葉。妹が手配してくれた賃貸アパート「馬鐘荘」に赴くと、そこには平屋建ての雑貨店が。なんと、一葉の部屋は、地下二階。そこは住む人の業によってどんどん深くなる異次元地底アパートだった。大家は怪しい自称悪魔、隣人はイケメンアンドロイドと女装男子。一葉の新生活はいったいどうなる？

笑いと感動の、奇想天外ほのぼのコメディストーリー！

スーパーイケメン兄と地味で苦労性の妹の
諸行無常な賑やか便利屋ライフ

真中みずほ

『晴安寺流便利屋帳　安住兄妹《きょうだい》は日々是戦い！の巻』

装画：芝生かや

某地方都市の平凡なお寺・晴安寺に兄妹あり。兄の安住貴海は近所の子どもから檀家のマダムたちにまで絶大な人気を誇るスーパーイケメン好青年。妹の美空は兄のために苦労が絶えない地味で普通な女子高生。母の死後、住職の父は家出、寺に残された兄妹は生活のために便利屋業を始めた。氷のような秀才美女、けなげな理由アリ小学生などの依頼に、のらりくらりと対応する兄とやきもきする妹の賑やかな日々…。シリーズ第一弾！